KB123985

상위 0.001% 랭커의귀환 12

2024년 1월 12일 초판 1쇄 인쇄
2024년 1월 17일 초판 1쇄 발행

지은이 유우리
발행인 김관영

기획 이기헌 왕소현 임동관 박경무 강민구 조익현
책임편집 김홍식
마케팅지원 이원선

발행처 (주)로크미디어
출판등록 2003년 3월 24일
주소 서울시 마포구 마포대로 45 일진빌딩 6층
Tel (02)3273-5135 **Fax** (02)3273-5134
홈페이지 rokmedia.com **E-mail** rokmedia@empas.com

© 유우리, 2023

값 9,000원

ISBN 979-11-408-2110-5 (12권)
ISBN 979-11-408-0799-4 04810 (세트)

유우리 퓨전 판타지 장편소설

12

상위 0.001%
랭커의귀환

CONTENTS

동족 살해자

쿠우우우우웅!

폭음은 먼 곳에서부터 점차 가까워지고 있었다.

"저게 뭐야?"

의식적으로 그쪽을 바라봤고, 무의식적으로 뒷걸음질을
쳤다.

거대한 지진을 일으키며 마을로 들이닥치는 건 엄청난 규
모의 토사물!

흙으로 이루어진 무지막지한 해일이 노도와 같은 기세로
다가오고 있었다.

"사, 산사태다!"

"으아아아아!"

마을의 외곽을 부수면서 다가온 산사태는 순식간에 플레이어들이 선 자리까지 밀려왔다.

건물은 무너지고 몇몇은 벌써 휩쓸려 비명에 사라지고 있었다.

마을은 대번에 아비규환에 빠져들었다.

"로켓! 켈!"

강서준이 앞서 달려 나가며 백귀들에게 명을 내렸다.

땅의 마법을 구사할 수 있는 로켓이 벽을 세워 산사태의 속도를 늦췄고, 켈은 정령 마법으로 공기의 벽을 세워 토사물을 막아 냈다.

하지만 그조차 잠깐이었다.

쿠콰카카카콱!

밀려오는 산사태의 규모는 마을 전체를 뒤덮을 정도로 커져 있었고, 류안으로 살펴보니 이는 자연적으로 발생한 게 아니었다.

'이건…… 마법이로군.'

인위적으로 만들어 낸 산사태.

즉 누군가가 마을을 습격하기 위해 일부러 마법으로 자연재해를 모방해 낸 것이다.

"모두 뒤로 물러나!"

그나마 링링이 앞으로 나서 전력으로 마력을 개방하자, 상황은 나아질 수 있었다.

그녀의 지팡이에서 쏘아진 마력이 벽을 만들었고, 그대로 산사태는 허공에 멈추어 섰다.

리트리하도 방패를 전면으로 내세워 거대한 무형의 돔을 완성하니, 조금씩 소란도 진정될 수 있었다.

물론 아직 일이 완전히 해결된 건 아니기에, 플레이어들은 바쁘게 움직여야만 했다.

"배로 도망가! 마을에 있다간 몰살이야!"

"각 지부별로 움직여요! 유니온은 플레이어를 선도합니다!"

"이쪽입니다! 침착하게 빨리 움직이십시오!"

그래도 숱한 전쟁을 치러 본 일당백의 플레이어들이었다.

혼란은 오래가질 못했고, 일사불란하게 해안으로 달려가기 시작했다.

전 세계의 사람들이 모여 복잡했지만 어떻게든 상황을 모면할 수 있는 침착함이 그들에게 있었다.

ー크으으 장관이로군!

하지만 해안의 한쪽에 새로 모습을 드러낸 한 남자가 있었다.

덩치가 2미터는 넘는 거구가 엄청난 마력을 끌어 올리며 도망치는 플레이어의 앞을 막아선 것이다.

놈은 일시에 바닷물을 끌어 올려 플레이어들을 겨냥하며 말했다.

-네놈들이 도망칠 수 있을 줄 알았느냐?

크콰카카칵!

배로 향하던 플레이어들은 진퇴양난에 빠질 수밖에 없었다.

뒤쪽은 밀려오는 산사태를 겨우 붙잡아 둔 형편이요, 앞쪽은 새로 해일이 몰아닥치는 상황이다.

심지어 두 재난에 끼어 샌드위치 꼴이 될 법한 이들은 대개 저렙의 플레이어들이었다.

"으아아아! 살려 줘!"

-그래! 울어라! 울어! 크큭!

인간의 비명을 곱씹으며 실컷 여운을 즐기는 사내. 강서준은 녀석의 정체를 쉽게 파악할 수 있었다.

바닷물을 저 정도로 다루는 마법사이자, 현 상황에서 저런 만행을 저지를 놈은 하나였으니까.

'수룡의 해츨링인가.'

짧게 혀를 찬 강서준은 이내 그쪽에 대한 신경을 접기로 했다.

수룡의 해츨링을 향해 당당히 그 힘을 드러낸 한 인영이 있었기 때문이다.

'진백호.'

물을 다루는 데에 있어선 고작 해츨링 따위와 비교조차 할 수 없는 상위의 힘을 다루는 자.

그라면 해츨링 하나 정도는 충분히 이겨 낼 수 있을 것이다.

"그래도 파랑아. 진백호를 좀 도와줄래?"

"……맨입으로?"

"언제 한 번 하루 종일 핸드폰 만지게 해 줄게."

파랑이는 흔쾌히 수락하며 해안가 방향으로 날아갔다.

만약을 대비해서 오가닉도 붙여 뒀으니 크게 걱정할 일은 없을 것이다.

강서준은 이젠 완전히 해안 쪽으로의 시선을 접고 산사태 방향을 바라봤다.

금방이라도 다시 무너질 것만 같은 산사태는 어째 그 힘이 점점 강해지고 있었다.

[스킬, '류안(S)'을 발동합니다.]

강서준은 산사태 너머로 거대한 마력이 세 개 정도 뭉쳐 있다는 걸 알 수 있었다.

아마 산사태를 일으켰을 주범.

'해츨링들.'

모르긴 몰라도 8일 차가 시작된 것과 동시에 해츨링들이 이곳을 침략해 온 게 분명했다.

'근데 이상하군.'

그가 기억하기론 현재 섬에 진입한 해츨링의 숫자는 대략 일곱 마리였다. 해안의 한 마리까지 더한다면 당장 마을에 있는 해츨링은 총 네 마리.

'나머지 세 마리는 어디 갔지?'

놈들이 협공을 할 거라고 생각도 못 하긴 했지만, 구태여 협공을 하는 와중에 세 마리만 동떨어질 이유도 없었다.

곰곰이 고민하던 강서준의 옆으로 링링이 다가와 나지막이 입을 열었다.

"케이. 이거 함정이야."

"뭐?"

"우리들 발을 묶어 두려는 꼼수라고."

강서준은 그제야 알 수 있었다.

과연 인간들의 발을 묶어 두고, 세 마리의 해츨링은 어디로 향했을까.

답은 빤했다.

"용의 시험을 보러 간 거로군."

8일 차의 핵심은 PVP가 아니었다. 상위 12위 안에 든 자는 용의 시험을 볼 수 있다는 것.

즉 네 마리의 해츨링은 마을을 침략하고, 나머지 세 마리가 용의 시험을 보러 떠난 것이다.

"또 쫌생이 같은 짓을……."

가히 정정당당이란 개나 줘 버린 해츨링다운 계략에 강서준은 나지막이 혀를 찼다.

"여긴 저희가 막겠습니다! 상위권 여러분들은 부디 이벤트 공략을 부탁드립니다!"

비슷한 결론을 내린 유니온은 바쁘게 링링이나 리트리하의 자리를 대신하기 시작했다.

한 사람의 마력을 여러 사람의 마력으로 주춧돌을 세우고, 산사태에 대한 새로운 버팀목을 만들어 낼 수 있었다.

하지만 해츨링들이 준비한 수는 산사태가 전부가 아니었다.

크오오오오옥!

산사태 너머로 수많은 몬스터가 괴성을 질러 대며 하나둘 마을을 향해 뛰어내린 건 그때.

몇몇은 산사태에 같이 휩쓸려 왔는지 흙더미 속에서 바로 달려 나오는 경우도 있었다.

몬스터의 괴성과 인간의 함성이 겹치고 있었다.

―키아아아앗!

"으아아아앗!"

하지만 강서준은 난장판이 된 마을을 잠시 둘러보다 입술을 잘근 깨물며 검을 수납했다.

마을의 상황은 시시각각 위기로 내몰리고 있었지만 그는 선택해야만 했다.

"갑시다."

[1시간 이내에 시험장에 입장하십시오.]

[시험장은 '화산둥지'입니다.]

눈앞에 시스템 메시지가 제한 시간을 알려 왔고, 멀리 화산의 위로 거대한 포탈이 일렁이고 있었다.

<hr/>

마그리트는 멀리 흙더미에 뒤덮이는 마을을 내려다볼 수 있었다.

그의 옆에서 풍룡의 해츨링인 '엘라빈'이 탄성을 뱉었고, 화룡의 해츨링인 '젠'은 흡족한 듯 웃고 있었다.

ㅡ오만한 인간들. 감히 용의 섬에 발을 디디더니 꼴좋구나.

ㅡ마음 같아선 나도 힘 좀 쓰고 싶은데 말이야.

하지만 그들에겐 그보다 해야 할 일이 있었다. 인간을 잡아먹는 건 나중에 해도 될 일.

ㅡ그나저나 마그리트. 우리가 꼭 이렇게까지 해야 하나? 고작 인간들을 이 정도로 경계할 필요가 있어?

ㅡ글쎄.

마그리트가 말을 흐리자, 젠은 짓궂은 얼굴로 웃으면서 말했다.

-혹시 쫀 거 아니야?

-뭐?

-너 인간에게 죽었었잖아.

마그리트의 눈엔 대번에 쌍심지가 켜졌다.

-그땐 방심을 했었…….

-방심. 뭐?

-아니다. 됐다.

마그리트는 말하다 말고 한숨을 푹 내쉬었다. 그 모습이 젠에겐 어찌 비춰졌는지 녀석은 더욱 미소를 짙게 그리더니 입을 열었다.

-역시 겁먹은 게 맞네. 다른 용들 보기 부끄럽지도 않냐?

-흐음…….

마그리트는 자신만만한 눈으로 이쪽을 바라보는 젠을 가만히 들여다봤다.

그 시선엔 인간 따위가 감히 자신을 어찌할 수 없으리란 오만한 확신이 가득했다.

응당 용이라면 가질 법한 자신감.

마그리트는 그 심정을 일부 공감할 수 있었다. 확실히 전생을 하고 지구를 경험하면서 깨달은 건, 이들은 너무나도 나약하다는 사실이다.

'만지면 부서지는 너무나도 나약한 종족.'

드림 사이드 1의 세계는 시작부터 꽤 강한 인간들이 더러 있던 곳이었다. 해서 완전한 성장을 이룩하기 전엔 해츨링들은 그나마 정체를 발각당하지 않으려고 노력했던 게 기억난다.

아예 그들끼리 뭉쳐 '해츨링의 요람'을 만든 이유가 뭐겠는가.

모든 각성을 끝내기 전엔 숨어 지내기 위함이었다.

'그에 비해 지구는 전사 자체가 손에 꼽을 정도로 적은 세계.'

마그리트도 이 섬에 진입하는 그 순간까지 '젠'과 같은 생각을 하고 있었는지도 모른다.

지구인은 나약하다. 경계할 필요가 없다.

하지만 그는 생각을 고쳐먹었다.

'젠. 네 말이 맞아. 이쪽 세계의 인간들은 이전 세계에 비해 약해. 확실히 그들과는 달라.'

다를 것이다.

지구의 인간들은 분명 약해 빠졌지만 성장 속도가 상식을 초월하고 있었으니까.

마그리트는 오히려 지구의 인간을 더 두려워해야 한다고 생각했다.

'방심해선 안 돼.'

마그리트는 이벤트가 시작할 당시에 케이와 맞붙었던 순간을 상기했다.

PVP가 제한된다는 사실을 알고서도 일단 부딪친 이유는, 좀 더 녀석을 가까이에서 보고 싶었기 때문이다.

녀석은 하등한 종족이지만, 그의 용아병을 부순 유일무이한 존재였으니까.

이전 세계에서 그의 목숨을 빼앗은 증오스러운 인간이기도 했다.

과연 그의 현재 실력은 어느 정도일까.

지구로 넘어와 수많은 사람을 겪어 본 그였기에, 약간은 겁을 줄 생각으로 저지른 기습이었다.

그리고 마그리트는 바로 깨달았다.

'케이는 여전히 케이였어.'

심연으로 빨아들일 것만 같은 금빛의 눈동자. 갑작스러운 기습에도 전혀 당황하지 않는 태도.

보란 듯이 용의 이빨로 가공한 단검을 내민 여유까지.

물론 당시의 수준은 그와 비등하거나 그보다 낮은 수준이라, 어느 정도 얕잡아 본 것도 사실이다.

'하지만 금세 따라잡았지.'

지난 나날 고생했던 순간들이 파노라마처럼 펼쳐졌고, 그때마다 격렬하게 이기고 싶던 몬스터 파크의 순위가 떠올랐다.

그는 끝까지 케이를 따라잡을 수 없었다.

—상대는 케이야.

마그리트가 성난 분노를 차갑게 가라앉히며 말하자, 엘라빈과 젤이 고개를 끄덕였다.

-알아. 하지만 쫄 거 없어.

-왕의 시험만 끝낸다면 그깟 케이쯤이야……!

마그리트는 슬슬 보이는 화산지대를 올려다봤다.

본래 화산지대는 헬 난이도의 몬스터들이 다양하게 등장해야 마땅했지만, 8일 차부터는 이곳에 단 하나의 몬스터만이 등장한다.

쿠구구구구구!

〈로드의 용아병〉
Lv. ???

화산지대에 나타나는 드래곤 로드의 용아병으로부터 '입장권'을 회수해야만, 다음 단계로 나아갈 수 있다.

그리고 이게 사실상 '용의 시험'에서 펼쳐지는 첫 번째 시험이라 할 수 있었다.

-우린 일단 입장권부터 모으자고.

하지만 용아병을 공격하기도 전에, 젠은 울컥 피를 토하며 뒤를 돌아봐야만 했다.

-커헉…… 이, 이게 무슨……?

젠의 심장을 꿰뚫고 마그리트의 손이 튀어나와 있었다.

멀리 용아병이 이쪽을 바라보며 재밌다는 듯 웃음을 흘렸고, 마그리트는 차분하게 젠의 심장을 빼내어 자기 입에 넣으며 말했다.

-그래. 이대로는 안 돼.

-너…… 지금 무슨!

뒤이어 엘라빈에게 접근한 마그리트가 날카로운 손톱을 빠르게 휘둘렀다. 당황한 엘라빈이 간신히 수비해 냈지만 오래 버틸 수는 없었다.

이곳은 화산.

화룡의 해츨링인 마그리트에겐 한층 버프가 생겨나는 공간이다.

-젠! 장난치지 말고 일어나! 야! 젠!

엘라빈이 더욱 당황하는 건 심장이 꿰뚫린 젠이 더는 움직이질 않는다는 것이다.

마그리트는 엘라빈의 전신을 찢어발기더니 이내 녀석의 심장을 파헤쳐, 그대로 입에 넣을 수 있었다.

엘라빈이 억울하다는 듯 말했다.

-대체 왜, 이런 짓을?

곧 엘라빈의 눈동자에서 색깔이 사라지고 점차 몸은 바닥으로 허물어져 갔다.

마그리트는 이를 응시하며 말했다.

-괴물을 쓰러트리려면 나도 괴물이 되어야 하거든.

마그리트는 이번 생에서 방심할 생각이 전혀 없었고, 그가
생각하기엔 이 방법이 케이를 이길 유일한 희망이었다.

[황당한 업적을 발견했습니다.]
[칭호, '동족 살해자'를 습득했습니다.]
[모든 해츨링이 당신을 적대합니다.]
[용이 당신을 혐오합니다.]
[일부 '흑룡'이 당신의 이름을 기억합니다.]

그리고 마지막 메시지는 하나였다.

[스킬, '폭식'을 발동합니다.]
[화룡의 해츨링 '젠'이 당신에게 귀속됩니다.]
[풍룡의 해츨링 '엘라빈'이 당신에게 귀속됩니다.]
[169,357pt를 습득했습니다.]

김훈

"화산둥지······."

시스템 메시지에 공고된 대로 강서준은 화산의 정상을 말 없이 올려다볼 수 있었다.

화산은 지난날 그가 가장 많이 갔던 사냥터 중 하나. 지름 길 정도야 속속 꿰고 있어서 가는 데에 오래 걸리지도 않을 것이다.

'문제는 이놈들인데.'

강서준은 두 눈을 금빛으로 물들이며 화산둥지로 올라가 는 길목을 확인했다.

숨을 생각도 없는지 당당하게 기운을 흘리고 있는 세 마리 의 몬스터.

'지룡, 수룡, 풍룡의 해츨링인가.'

마을을 뒤덮을 정도의 대규모 산사태를 일으킨 장본인들이다. 각 속성별 최고위 마법으로 인위적인 재난을 연출했던 거겠지.

"……지체할 시간은 없어요."

강서준은 일행들과 시선을 교차한 뒤 빠르게 토사물을 밟고 내달렸다. 매몰된 땅 너머로 수많은 몬스터가 있었지만 초상비를 발동한 그에겐 어려울 것도 없었다.

이는 다른 천외천도 마찬가지였다.

다들 레벨이 레벨이니만큼 수준급의 경공술을 익히고 있었고, 이 정도 재해 환경 정도야 무리 없이 돌파할 수 있었다.

투콰아아아앙!

그렇게 예상대로 해츨링들의 반경에 들어갔을 때였다.

결코 무시할 수 없는 기운이 눈앞에서 폭사했다.

막대한 마력을 겉으로 흘리며 각 해츨링들이 이쪽으로 다가오고 있었다.

"케이. 전략적으로 움직여야 해."

강서준은 링링의 말에 고개를 주억거리며 해츨링들의 마력을 더욱 눈여겨봤다.

일주일 전보다 훨씬 고강해진 기운에 저도 모르게 손에 힘이 들어가고 있었다.

'이벤트를 통해 성장한 건 플레이어만이 아닌 거야.'

몬스터 파크의 각종 혜택은 해츨링에게도 고스란히 제공되던 것들이다.

플레이어의 수준이 대폭 증가한 만큼, 해츨링들도 그 힘의 정도가 이미 A급 보스 몬스터에 비견될 정도로 커져 있었다.

'생각보다 골치 아프겠는데.'

물론 놈들에게 질 거란 생각은 추호도 하지 않는다.

그저 쉽게 쓰러트릴 대상이 아니었고, 어떤 식으로든 발목을 잡으려 한다면 그만큼 시간을 낭비할 수도 있다는 게 문제였다.

상황을 관망하던 김훈이 나지막이 먼저 입을 열었다.

"먼저 가세요. 여긴 우리가 맡을게요."

"……괜찮으시겠어요?"

"네. 어차피 화산은 마력이 과하게 들끓어서 공간이동으로 뭘 더 하기도 어려워요. 전 여기서 빠지는 게 맞아요."

여러 시선이 이내 강서준과 최하나, 링링에게 향했다.

그들은 몬스터 파크의 순위에서도 인간 중 1위부터 3위에 해당하는 인물들.

누군가가 가야 한다면 성공 확률이 높은 쪽이 가는 게 옳았다.

리트리하도 애써 고개를 주억거리며 말했다.

"김훈의 말이 맞아요. 당신들은 이벤트 공략에 집중하세요."

강서준은 말없이 리트리하의 얼굴을 바라봤다. 아직 걱정은 되지만 리트리하부터 나도석까지 있는 한 어떻게든 해슬링들은 쓰러트릴 만한 전력이었다.

투콰아아아앙!

해슬링은 일행이 서로 대화를 나눌 여유를 줄 생각이 없는 모양이었다. 폭풍 같은 마법이 순식간에 쏘아지고 그들의 주변을 어지럽혔다.

잠시 플레이어들이 주춤할 때에.

"별 같잖은 것들이 나대는군."

돌연 나도석이 정면으로 달려가기 시작했다. 그는 터무니없지만 터지는 마법의 범위를 찰나의 차이로 피해, 해슬링의 전면으로 나섰다.

─네, 네놈은……!

수룡의 해슬링이 당황하며 물로 이루어진 마법을 사용했지만, 나도석은 전혀 당황하지도 않았다.

어느덧 그의 뒤에 나타난 건, 해왕의 형상.

단 한 번의 감속도 없이 휘두른 주먹은 수룡의 복부를 거칠게 가격했다.

─커헉!

그 순간 땅이 양옆으로 갈라지더니 나도석을 그 아래로 쏙 빠트려 버렸다. 지룡의 해슬링이 발동한 마법이었다.

─이노오오옴!

하지만 나도석은 당황하지 않았다. 허공을 발로 차 충격파를 일으켰고, 공중으로 날아오른 그는 실실 웃어 대며 해츨링을 응시했다.

"새파랗게 어린 게 어디서 반말이야."

그는 충격파를 날려 그 반동으로 빠르게 추락하기 시작했다. 지룡의 해츨링이 그를 향해 날카로운 바위를 솟구치게 했지만 나도석은 멈추지 않았다.

"으라차아아아!"

기합을 내지르며 바위째로 무너트릴 뿐. 지룡의 해츨링이 당황하며 뒤로 물러났다.

옆에서 당장이라도 달려 나갈 태세였던 김훈이 헛웃음을 지으며 말했다.

"······나도석 님은 오늘 진입한 거 아니었어요?"

"아마도요."

"레벨이 일주일 전과 같을 텐데······ 대체 어떻게······ 저리 강한 거죠?"

강서준은 어깨를 으쓱이며 나도석의 전신을 살펴봤다. 류안으로 그 몸을 확인해 본 바, 여전히 황당할 따름인 신체 구조였다.

'저 레벨을 찍을 동안 정말 단 한 번도 마력을 올리지 않았어.'

심상으로 마력을 후려치는 그였으니, 아마 마력을 굳이 찍진 않아도 괜찮을 것이다.

하지만 어찌 사람이 저 정도로 일관적일 수가 있을까.

하기야 그렇기에 나도석은 헬 난이도의 테스트를 모조리 통과했는지도 모른다.

"나도석 씨는 근력 몰빵이잖아요."

"네?"

"레벨은 낮아도 공격력 자체는 상식을 뛰어넘어요. 어쩌면 저보다 강할지도 모릅니다."

실제로 나도석의 공격에 해츨링들은 몹시 당황하고 있었다. 고작 인간에게 이 정도로 거대한 힘이 있을 줄은 상상도 못 했겠지.

'근데 역시 나도석만으론 무리야.'

나도석의 강함은 충분히 증명됐다.

그 공격력은 궤를 넘었고, 심상에 따라 비현실적인 전투를 현실로 만들어 내고 있었다.

하지만 올힘 캐릭터의 단점은 늘 그렇듯 그 내구성에 있다. 장기전에 약할 수밖에 없는 것이다.

'초재생이라 해도 한계는 있고 상대가 상대니만큼⋯⋯.'

투콰아앙! 투쾅!

그리고 해츨링 녀석들도 나도석의 공격에 당황하는 눈치였지만, 어느덧 그 단점을 파악하고 있었다.

놈들은 '용'이 될 가능성을 지닌 놈들. 유난히 머리가 좋아

피곤하기 그지없는 몬스터였다.

놈들은 곧 회피에 전념했다.

"쥐새끼처럼……!"

아마 나도석도 본인의 단점을 잘 알 것이다. 그래서 지금 무리를 해서라도 놈들에게 큰 대미지를 주려고 움직이는 거 겠지.

장기전이 불리하다면 어떤 싸움이든 단기전으로 끝내면 될 일이니까.

강서준은 감투에서 켈을 소환했다.

"……켈. 풍룡을 맡아."

"나 혼자서요?"

"못 해?"

켈은 멀리 허공에서 허리케인을 일으키며 나도석을 괴롭히는 풍룡의 해츨링을 응시했다.

곧 한숨을 푹 내쉬며 중얼거린다.

"까라면 까얍죠. 후우……."

툴툴대는 말투에 감투 속의 라이칸이 몹시 화를 내는 감정을 드러냈지만, 켈은 별로 신경도 쓰질 않았다.

말투는 저래도 말은 곧잘 따르는 녀석이다. 강서준은 더는 켈에게 신경을 쓰진 않았다.

그라면 충분히 해츨링 한 놈은 맡을 수 있을 것이다.

"지룡은 리트리하 님에게 맡겨도 되겠습니까?"

그 말에 리트리하가 고개를 주억거리며 방패를 꽉 쥐고 앞으로 나서려는 때였다.

김훈이 앞서며 말했다.

"아뇨. 지룡은 제가 맡을게요."

"……김훈 씨가요?"

"네. 리트리하 님도 부디 이벤트를 부탁드려요."

"하지만 김훈 씨 혼자 어떻게……."

더 말을 이을 틈은 없었다.

"괜찮으니까! 다들 빨리 가요!"

돌연 김훈이 공간이동으로 해츨링들 사이로 뛰어든 것이다.

"김훈 씨! 대체 어쩌려고!"

최하나가 그를 만류하려고 손을 뻗었고, 강서준은 가만히 그쪽을 바라보다 이내 한숨을 내쉬며 말했다.

"……갑시다."

"네?"

"김훈 씨는 괜찮을 거예요."

⬥⬥⬥

잠시 후, 강서준을 비롯한 리트리하, 링링, 최하나는 빠르게 전장을 벗어나기 시작했다.

해츨링들이 뒤늦게 알아차려 그 뒤를 쫓으려 했지만, 그 앞엔 여전히 나도석이 있었다.

-진짜…… 이 괴물 같은 인간이!

-미르하! 걱정 마! 이놈도 지쳤어!

나도석은 숨을 거칠게 헉헉대면서도 눈빛은 더욱 강렬하게 불태우고 있었다.

"그래 이거야. 근성장은 지금부터 시작되는 거라고!"

눈빛에 담긴 건 호승심보다는 광기에 가까웠다.

가장 가까이에서 그 모습을 바라본 김훈은 혀를 내두르면서도 그의 옆에 섰다.

허공에 떠오른 켈이 어느덧 풍룡의 해츨링을 상대로 전투를 벌이고 있었다.

하늘에서 폭풍이 휘몰아치자 그 압력에 몸이 날아갈 것만 같았다.

옆에서 나도석이 호흡을 길게 내뱉더니 말했다.

"무서우면 뒤로 빠져 있어."

"네?"

"떨고 있잖아."

김훈은 저도 모르게 몸을 떨고 있었다는 걸 깨달았다. 솔직히 그는 아직 해츨링을 이길 자신이 없었던 것이다.

'제아무리 본래 힘을 되찾지 못한 놈들이라고 해도…… 용은 용이니까.'

하지만 김훈은 피가 날 정도로 입술을 꽉 깨물었다.

"……괜찮아요. 싸울 겁니다."

"크크. 근성은 있네."

나도석은 대소를 터뜨리며 말했다.

"그럼 누가 먼저 쓰러트리나 내기나 해 볼까?"

"네…… 네?"

동시에 땅을 박차고 나선 나도석은 수룡의 해츨링에게 접근했다. 해왕의 심상을 떠올린 그에게 물은 소용이 없다는 걸 알았는지, 녀석도 더는 주특기인 물을 사용하지 않았다.

그들에게 남은 거친 박투뿐.

콰앙! 콰아아아앙!

박투가 이어질 때마다 지축이 흔들리고, 그 폭발의 충격으로 온몸이 떨려 왔다.

김훈은 호흡을 가다듬으며 나도석의 뒷모습을 보고, 이어서 지룡의 해츨링 쪽을 바라봤다.

놈이 불쾌하다는 듯 미간을 찌푸리고 있었다.

-감히 인간 따위가 내 일을 방해하려는 것이냐?

의식할 틈도 없이 김훈은 공간이동부터 사용했다. 그가 섰던 자리로 빠르게 송곳 같은 바위가 솟아나 있었다.

-그깟 공간이동!

하지만 어찌 알았을까.

김훈이 공간이동한 자리로 땅이 솟구치고 있었다. 김훈은 공간이동이 완료되기 직전에 이어서 공간이동을 감행했다.

[스킬, '공간이동(S)'을 발동합니다.]

S급으로 성장한 공간이동은 어떤 자세, 어떤 상황, 또한 어떤 순간에도 그가 원하는 위치로 이동할 수 있다.

장거리는 몰라도 단거리에서 그가 넘지 못할 공간은 없었다.

―날 우습게 봐도 유분수지.

그때 지룡의 해츨링은 목소리에 분노를 담아 중얼거렸다. 그 시선은 정확하게 공간이동을 감행하는 김훈에게 향해 있었다.

―고작 이런 광대가 내 상대더냐?

무수한 공간이동을 잇는 와중에도 김훈은 뭔가 이상하다고 생각할 수 있었다.

모조리 녀석의 공격을 회피하고 있었지만 일종의 위화감이 느껴지는 이유는 뭘까.

연속적으로 공간이동을 하던 그는 문득 자신의 위치가 점차 적에게 가까워지고 있다는 걸 깨달았다.

'유인당하고 있었다고?'

거기까지 생각이 미쳤을 때, 이미 상황은 늦었다.

콰아아아앙!

김훈은 자신의 복부를 꿰뚫고 지나간 송곳에 피를 토해 냈다. 일격에 장기가 찢어졌는지 짧은 순간 의식이 반쯤은 날아갔다.

'포, 포션 치료……'

겨우 상처를 회복시킨 그는 지룡의 해츨링을 올려다봤다. 녀석은 아예 김훈을 없는 사람 취급하고 있었다.

─인간의 뒤를 쫓는 건 영 폼이 안 서는데…… 흐음. 마을이나 더 휘저으러 갈까.

처참한 심정이었다.

아무렴 상대가 안 될 줄은 알았고, 해츨링과 단신으로 맞부딪치는 건 자살행위나 다름없다는 것도 알았다.

하지만 이 정도로 차이가 클 줄이야.

'난 약해.'

이미 뼈저리게 확인했다.

오픈 당일 무너지는 건물에서 결코 어머니를 구할 수 없었던 그날.

리카온 제국에서 데칼에게 한 방에 나가떨어진 그날.

어쩌면 그는 매 순간 깨닫고 있었다.

'그래. 내가 약하다는 건 알아.'

김훈은 두 주먹 불끈 쥐고 지룡의 해츨링을 노려봤다. 몇 번을 확인해도 그가 약하다는 사실은 변하지 않을 것이다.

그는 천외천이 아니니까.

그는 나도석 같은 괴물도, 켈처럼 강한 힘을 가지지도 못했으니까.

그는…….

그저 편리한 인간이니까.

김훈은 상념을 내던지며 자세를 잡았다. 수많은 변명이 그를 감쌌지만 오직 하나만을 떠올리기로 했다.

"하지만 오늘은 다를 거야."

고개를 털어 잡념을 날린 그가 눈을 부릅뜨며 말했다.

"아니…… 달라야 해."

김훈은 불과 하루 전, 우연히 강서준과 진백호의 대화를 엿들은 적이 있었다.

'어떻게 하면 강해질 수 있는가.'

익히 생각해 본 적이 있는 주제였고, 요즘 들어 그가 가장 고민하는 문제였다.

아무리 노력해도 같은 날 시작했던 최하나나 링링과의 차이는 늘어나기만 했던 것이다.

해서 그가 발길을 멈추고 귀를 쫑긋 세우기엔 아주 충분한 내용이었다. 그때 강서준이 뭐라고 했더라.

「"울타리 안에선 최고가 될 수 없어요. 조금 위험할 수도 있겠지만 때로는 무모한 모험도 필요한 겁니다."」

김훈은 새삼스럽게도 자신의 일주일을 되돌려 봤다. 과연 그는 이번 이벤트에서 어떻게 행동해 왔던가.

'나도 진백호와 똑같아. 무조건 잡을 수 있는 몬스터만을 사냥했어.'

그리고 이는 지난 1년의 플레이어 생활에서도 크게 다르지 않는 방침이었다.

던전에서도 안전이 우선이었다.

사냥에서도 안전이 제일이었다.

그의 능력이 공간이동인 만큼, 늘 안전을 확보하고 싸우는 데에 주안점을 두었더랬다.

김훈은 입술을 잘근 깨물었다.

'그게 잘못된 건 아니야.'

그는 그렇게 현 지구의 상위 랭커가 되었다. 어쩌면 천외천과 어깨를 나란히 해도 부족하지 않다는 평을 받기도 했다.

또한 몬스터 파크에서도 일주일간 무려 레벨을 50 가까이 올렸을 정도로 엄청난 성장도 이룩해 냈다.

현재 순위도 대략 20위 안에 들고 있으니, 전 세계에서도 손에 꼽는 수준이었다.

다른 사람이 보기엔 이 정도도 대단하다 말할 수 있겠지.

'하지만 결국 부족한 거야.'

김훈은 사실 자신이 최하나 링링보다 부족한 게 뭔지 예전부터 잘 알고 있었다.

그녀들의 전투를 가장 가까이에서 지켜본 게 그가 아니었
던가.

"이대로는 뒤처지고 말 거야."

결국 괴물같이 성장하고 있는 천외천의 뒤를 따라가려면,
그도 다리가 찢어지도록 뛸 줄 알아야 한다.

"나도 모험을 해야 해."

단순히 수학적으로 계산해도 쉽게 나오는 결론이다.

레벨 10짜리를 사냥하는 게, 레벨 5짜리를 잡는 것보다 경
험치 효율이 높은 법이니까.

위기를 겪을수록 플레이어는 더 단단해지고, 위험을 뛰어
넘어야 비로소 그 수준이 일취월장한다.

'데스 리스크 데스 리턴.'

그러니 김훈이 당장 할 일은 대단히 단순하다 볼 수 있을
것이다.

―혼자 뭐라 중얼거리는 것이냐?

여태 관심이 없는 줄 알았던 지룡의 해츨링이 돌연 김훈의
정면으로 나타났다. 주먹엔 두꺼운 돌덩이들이 달라붙어 있
었다.

[스킬, '공간이동(S)'을 발동합니다.]

빛처럼 점멸한 김훈이 다시 모습을 드러낸 곳은 종전에 서

있던 자리와 크게 다르지 않았다.

원래라면 공격 자체를 피해서 멀찍이 도망쳤을 텐데……
이번엔 아예 딱 공격을 회피할 정도만 이동한 것이다.

"나만 뒤처질 수야 없다고."

ㅡ자꾸 혼자 뭐라고……!

눈을 번뜩인 김훈이 빠르게 해츨링의 어깨를 태그했다. 동
시에 발동한 공간이동은 해츨링도 포함하여 그들의 위치를
아예 다른 곳으로 이동시켜 버렸다.

첨버어엉!

ㅡ얄팍한……!

섬에서 그다지 멀지 않은 해안. 바닷물 속으로 공간이동을
해 버린 것이다.

김훈은 해츨링이 발버둥 치기도 전에 더 빨리 공간이동을
시도했다.

이번엔 산소가 희박할 정도로 높디높은 하늘로. 숨쉴 틈도
없이 연속적으로 공간이동을 감행했다.

'더, 더, 더 빨리.'

ㅡ크아아아악!

정신없을 정도로 휘몰아친 공간이동 속에서 지룡의 해츨
링 녀석은 괴로운 비명만 질러 댔다.

일부러 공간이동을 하면서 자세를 상하좌우, 빙글빙글 돌
면서 하고 있었기에 녀석이 도통 정신을 차릴 수 없었다.

그들은 상층권을 뚫고 우주로 나아갈 기세였다. 김훈은 섬이 마치 점처럼 작아졌을 때야 그 까마득한 아래를 내려다보았다.

"이런…… 정신 나간 짓은 나도 처음이야."

─이, 인간 놈이…… 그만두질 못하겠…… 우욱!

제아무리 공간이동이 특기인 그라고 해도 이런 연속된 공간이동으로, 하늘 높이 솟구치는 게 쉬운 일이 아니다.

공간이동 자체로도 엄청난 피로가 부여되고, 연신 돌면서 공간이동을 해 댔으니 정신력 소모도 엄청났다.

당장 쓰러져도 이상하지 않을 것이다.

하지만 김훈은 애써 잡은 지룡의 몸을 놓지 않았다.

"그럼 다시 한번 가 보자고."

금방이라도 토할 것 같은 얼굴의 해츨링을 데리고 김훈은 재차 공간이동을 감행했다.

올라왔던 것의 역순!

─크아아아아아아!

정신없이 반복된 공간이동으로 빠르게 수직 하강한 그는 지룡의 해츨링을 재차 물에 머리를 처박아 넣었다.

놈이 바동거리며 김훈에게서 멀어지려 했지만, 김훈은 다시 한번 공간이동을 시작했다.

펑! 퍼펑! 펑! 펑! 펑!

수십 개의 허공을 뛰어넘어 그들은 또 한번 성층권을 돌파했다.

"······이런···다고 네가 죽진···않겠지."

－크아아앗! 반드시 널 씹어 먹을 테다!

해츨링의 신체는 각성하질 못했다고 해도 일반적인 인간의 기준으로 생각해선 안 된다.

숱한 공간이동으로 단련된 김훈의 신체만큼이나, 이놈도 단련되었기에 이 정도 공간이동만으로는 직격타를 날릴 수 없다.

김훈은 눈을 번뜩이며 생각했다.

'진짜는 지금부터다.'

김훈의 시선이 다시 아래로 향했다. 점처럼 작아진 섬까지 이어질 하나의 공간이동의 길.

그가 한 차례 왕복한 그 길이 이젠 꽤 선명하게 느껴지고 있었다.

마력의 잔향, 혹은 공간이동의 잔재.

김훈은 그 흔적을 내려다보며 씨익 웃었다.

'목숨을 거는 건 역시 내 취향은 아니지만······.'

멀리 섬에서 싸우고 있을 플레이어들을 상기했다.

그중 몇몇은 각자 목숨을 걸고 최강의 적을 상대로 싸우고 있을 것이다.

그들은 그렇기에 강했고, 그런 매일을 반복하기에 '천외천'이 된다.

"해야 한다면 할 뿐이지."

왕복된 공간이동으로 괴로워하는 해츨링을 재차 온몸으로 붙들고, 김훈은 바로 아래를 향해 공간이동을 개시했다.

이번엔 단 한 번의 도약이 될 것이다.

'반복되어 쌓아 올린 공간의 잔재는 일종의 벽을 만들어 낸다.'

그리고 쌓아 올린 벽을 동시에 넘을 때는 신체에 그만한 충격이 가해지기 마련.

이는 링링의 초장거리 포탈의 부작용과 같다.

[무수한 '공간의 틈'을 뛰어넘습니다.]
[충격이 가중됩니다!]

오장육부가 뒤틀리고 온몸이 쪼그라드는 것 같았고, 머리가 작아지고 손과 발은 커지는 기분이 들었다.

수많은 공간의 틈을 단번에 넘은 충격은 그의 신체를 훼손시키고 죽음의 문턱으로 끌고 갔다.

물론 김훈은 적절한 타이밍에 자신의 몸으로 한 스킬을 발동시켰다.

[스킬, '특수 포션 치료(S)'를 발동합니다.]
[아이템, '소생의 포션'을 사용합니다.]

유사시를 대비해서 구해 놓은 아이템이, 지금 그의 전신으로 퍼지면서 죽어 가던 심장을 되살려 냈다.

부서지고 회복하길 얼마나 반복했을까.

쿠우우우웅……!

묵직한 울림과 함께 김훈은 드디어 목적지로 설정했던 처음의 그 땅에 도달했다는 걸 알았다.

그는 힘없이 바닥에 널브러지며 길게 한숨을 내뱉었다.

"하아아…… 죽는 줄 알았네."

아직 요란스러운 그곳에서 켈과 나도석이 다른 해츨링과 싸우는 모습이 보였다.

기왕이면 돕고 싶었지만 한 발자국도 움직일 힘이 없었다.

그리고 자신의 옆에 본래 모습은 알아볼 수 없을 정도로 찌그러진 기괴한 형체를 확인했다.

[지룡의 해츨링 '곤도파고스(A)'를 처치했습니다.]

[레벨이 올랐습니다.]

[레벨이 올랐습니다.]

[레벨이 올랐습니다.]

목숨을 건 도박…… 아니 모험의 결과였다.

김훈은 웃을 때마다 폐가 아팠지만 그 웃음을 참을 수 없었다.

"……이런 식이면 내 몸이 남아나질 않을 것 같은데."

오늘따라 더더욱 천외천이 존경스러워지는 그였다.

빠르게 마을을 벗어난 강서준은 금세 화산의 접경에 다다를 수 있었다.

뒤편에서 묵직한 소음이 울리며 전투의 소음이 이쪽으로 크게 들려오고 있었다.

최하나가 약간 걱정스러운 안색으로 물었다.

"정말 김훈 씨…… 혼자 괜찮을까요?"

오래 붙어 다녔기에 최하나는 김훈의 역량을 아주 잘 알았다.

솔직히 강서준도 어려울 거라 판단하여 김훈보다는 리트리하를 남겨 놓고 싶었다.

하지만 애써 걱정을 밀어내고, 그를 남겨 둔 이유가 있었다.

'김훈만큼 성실한 사람은 드물다.'

그리고 몬스터 파크는 개인의 역량에 따라 성장 폭이 크게 차이가 나는 이벤트라고 할 수 있었다.

모르긴 몰라도 김훈이라면 이번 이벤트에서 어떤 성장을 했을지 기대할 만했다.

'물론 김훈도 진백호처럼 반드시 이기는 상대만을 고른다는 문제가 있지만…….'

그조차 크게 신경 쓰이진 않았다. 오히려 강서준은 그런 김훈의 모습을 장점으로 보고 있었으니까.

'진백호는 최강의 무기를 지니고 겁을 먹은 거지만, 김훈은 그게 아니니까.'

그는 신중한 플레이어였고, 그런 그가 나섰다면 단연 이긴다는 확신이 있었을 것이다.

강서준은 고개를 주억거리며 말했다.

"괜찮을 거예요. 허세를 부리는 타입은 아니잖아요."

"그야 그렇지만……."

"그보다 우리가 문제입니다."

류안으로 둘러보질 않아도 헬 난이도 영역엔 기묘한 마력이 들끓고 있었다.

이걸 어떤 기운이라 해야 할까.

꽤나 섬뜩하고 사이한 느낌이 등골을 스치고 지나갔다. 링링이 뒤따라 영역에 진입하더니 중얼거렸다.

"왜 마력과 반마력이 제멋대로 떠돌아다니는 거지?"

미간을 좁히며 조심스레 화산에 진입한 이들은 머지않아 바닥에 널브러진 두 시체도 발견했다.

왼쪽 가슴 아래가 구멍이 난 채로 죽은 두 사람.

말하지 않아도 바로 알았다.

"해츨링이잖아?"

"왜 여기에 죽어 있는 거야?"

마력과 반마력이 사방으로 어지럽게 흐트러진 이유였다. 놈들의 심장 부위에서 흘러나오는 모종의 마력이 주변을 난장판으로 만들고 있었다.

리트리하가 코를 막으며 중얼거렸다.

"불길하군요."

강서준의 시선은 멀리 화산둥지로 향했다. 요란한 마력은 그곳으로 계속 흘러가고 있었다.

그때였다.

[!]

['로드의 용아병'이 등장했습니다.]

바닥이 흔들리면서 왜소한 체구의 인형이 모습을 드러냈다.

겉보기엔 대단히 강해 보이진 않았지만, 그 내부로 옹골찬 마력이 가득한 몬스터.

곧 시스템 메시지도 나타났다.

['로드의 용아병'으로부터 '입장권'을 회수하십시오.]

로드의 용아병은 강서준 쪽을 바라보다 대뜸 몸을 돌려, 빠르게 화산을 주파하기 시작했다.

다리도 짧은 놈이 어찌나 빠른지 순식간에 점이 되어 버렸다.

[스킬, '초상비(A+)'를 발동합니다.]

일행은 일단 빠르게 흩어져 곳곳에 토끼처럼 모습을 드러낸 로드의 용아병부터 쫓기로 했다.

초상비에 이어 광속까지 발동하니, 큰 무리 없이 용아병을 붙잡을 수 있었다.

ㅡ키아아악!

저격으로 놈을 꿰뚫은 최하나와, 마법으로 아예 포박한 링링. 공간이동으로 용아병을 사로잡은 리트리하까지.

속도의 차이가 있을 뿐, 이미 실력은 최상위에 있는 그들은 전부 미션을 수행할 수 있었다.

애초에 아는 몬스터였다. 바로 튈 줄도 알았으니 금세 잡을 수도 있었다.

"로드의 용아병이 여기서 왜 나와? 설마 여기 '드래곤 로드'의 유물이 있는 곳이야?"

"용의 시험이라는 데에서 알아봤어야 했는데……."

"귀찮아질 수도 있겠군요."

그들의 시선이 화산둥지에 이어진 포탈로 향했다.

불길한 마력 줄기가 그곳으로 흘렀고, 새삼스럽지만 아직 살아 있을 한 마리의 해츨링이 그곳으로 향했다는 것도 알 수 있었다.

"일단 긴장해야겠어요. 느낌이 심상치 않아요."

입술을 잘근 깨문 강서준은 눈앞에 드리운 메시지에 한숨을 삼켰다.

[스킬, '위기 감지(A)'를 발동합니다.]

무수한 경고 메시지가 그의 경종을 울렸고, 화산둥지로 가는 길을 막고 있었던 것이다.

가까이에 다가서니 더더욱 저 포탈 너머가 끔찍하게 느껴지고 있었다.

"던전에 들어갈 때처럼 포지션대로 움직입시다."

일행은 말 한마디 없이 각자의 자리로 움직였다.

리트리하가 전면에 나서 방패를 앞세우고, 최하나가 중앙에 서서 총구를 겨눴다. 후방의 링링이 고개를 끄덕이며 지팡이를 꽉 쥐었다.

이는 게임에서 그들이 자주 하던 포지션.

그리고 강서준은 측면에 선 채로 주변을 경계했다.

유사시엔 공격부터 방어나 마법까지 가능한 그만의 자리

였다.

"들어갑니다."

['용의 시험'이 시작됩니다.]

[입장권을 확인합니다.]

[진입하시겠습니까?]

금기를 어긴 몬스터

화산둥지에서 이어진 포탈, 그 안쪽으로 들어가니 일행을 반기는 건 잔뜩 긴장한 게 무색할 정도로 고요한 침묵이었다.

"여긴……."

강서준은 고개를 들어 높이 솟은 탑을 올려다봤다. 꼭대기엔 거대한 용의 머리가 있었다.

띠링!

[용의 시험을 통과하여 '여의주'를 차지하십시오.]

[여의주은 당신의 소원을 이루어 줍니다.]

[소원의 범위는 보유한 포인트에 따라 차별됩니다.]

용의 시험이 어떤 방식으로 치러질지 궁금했는데. 탑을 쭉 올려다본 일행은 대번에 그 방식을 알아차릴 수 있었다.

"퍼즐이네."

대충 살펴봐도 탑엔 다양한 기관 장치가 작동 중이었다. 플레이어는 이 탑의 기관 장치를 돌파하여 용의 머리에 다다르면 되는 것이다.

"퍼즐이라면 아직 기회는 있어요."

드림 사이드에서 퍼즐 형식의 던전은 마치 방탈출 게임을 하는 것과 같다.

하나의 퍼즐을 풀어내질 못하면, 그다음의 퍼즐로 도전 자체가 불가능한 시스템.

무력으로 돌파하려 해도 방법이 없는, 어찌 보면 가장 난해한 던전 중 하나였다.

[시스템에 의해. 일부 스킬이 봉인되었습니다.]

그리고 예상대로 '초상비'를 비롯한 각종 이동 기술이 제한됐다. 설령 사용 가능하더라도 탑의 외부를 통해 용의 머리까지 올라갈 수도 없었다.

[시스템 제한 구역입니다.]

아예 길 자체가 막혀 있었으니까.

"탑을 올라 시험을 통과하는 수밖에 없어."

이는 해츨링에게도 예외가 아니며, 먼저 앞으로 나아갔을 그놈도 이곳의 모든 퍼즐을 돌파해야만 한다.

즉 무조건 힘만으로 돌파하는 게 아닌 이상 어느 정도 시간은 소모될 거라는 것이다.

"유일한 걱정은 녀석이 이미 퍼즐의 해답을 알고 있다는 가정인데……."

원래 몬스터 파크의 주역은 '해츨링'이었단 사실을 떠올리면 꽤 걱정할 만한 일이었다.

그들은 8일 차가 시작되자마자 마을을 습격했고, 이는 PVP 제한이 풀린다는 걸 미리 알고 있다는 방증이었다.

강서준은 짧게 혀를 차며 잡념을 밀어냈다.

"……생각해 봐야 별수 없어요."

놈이 해답을 알든, 지름길을 알든…… 이 과정을 아예 생략해 버리든.

'놈이 뭘 하든 포기할 건 아니니까.'

그들은 탑을 올라 시험을 통과하는 수밖에 없었다.

게다가 그가 아는 드림 사이드는 그리 호락호락한 게임이 아니었다.

'매번 시험 문제가 같진 않을 거야.'

아마 큰 틀은 같아도 그 세부적인 부분에서 바뀌는 형식의 던전이라고 보면 될 것이다.

"일단 퍼즐 내용부터 확인해 보죠."

외관은 꽤 어두운 탑이었지만 막상 안으로 들어가니 벽면에 걸린 횃불이 사위를 밝혀 주고 있었다.

리트리하가 정면을 응시하더니 말했다.

"너무 심플한데요?"

그의 말마따나 다소 어두운 석실 내부엔 두 개의 문만이 덩그러니 놓여 있었다.

[올바른 길을 찾으시오.]

강서준은 시스템 메시지를 일별하고 그저 문 두 짝을 바라봤다. 류안을 써서 확인해도 아무런 차이가 느껴지지 않았다.

"그냥 나무문인데……."

이어서 문을 긁어 보고, 두드려 보고, 다양한 방식의 특징을 조사해 봐도 다른 점은 보이지 않았다.

링링도 비슷한 방식으로 문을 여러 방식으로 조사하더니 짧게 혀를 차며 말했다.

"단서가 부족해."

"……일단 어느 쪽이든 들어가 봐야 알 수 있는 타입인 건가."

퍼즐 중엔 이렇듯 아무런 단서가 없는 것도 있다.

그런 퍼즐 중에는 플레이어의 '담력'을 테스트하는 내용도 있었다.

사실 문 두 개는 아무런 의미가 없었고, 어느 쪽을 열더라도 다음 층으로 향하는 길이 연결되는 방식.

'시간제한이 걸렸을 수도 있어.'

뒤늦게 열면 어느 쪽을 열어도 그들이 원하는 길로 이어지지 않는 것이다.

"준비하고 바로 넘어가죠."

해서 일행은 빠르게 하나의 문을 선택했다. 어차피 똑같이 생겼으니 별로 고민할 것도 없었다.

끼이이익!

오래된 나무 경첩이 제 몸을 긁어 가며 서서히 열렸다. 일행은 각자의 무기를 꽉 쥐고 천천히 그 안으로 들어갔다.

문 안쪽은 종전에 봤던 석실과는 다르게 완전히 빛이 차단되어, 아무것도 보이지 않는 어둠으로 가득 찬 방이었다.

"……."

일행은 말없이 방의 중심까지 진입했다. 섣불리 불꽃을 일으키거나 플래시를 터뜨리는 우를 범하진 않았다.

어두운 공간에서 무엇이 나올 줄 모르기에, 혹은 정체 모를 몬스터의 표적이 되지 않으려고 암순응을 빨리 할 뿐이었다.

또한 기척을 느끼는 데에 집중했다.

최하나가 미간을 좁히며 말했다.

"……박쥐예요."

스킬 '매의 눈'은 어두운 공간에서도 선명하게 물체를 인식할 수 있다.

'천무지체'를 가진 강서준도 곧 어둠에 익숙해져 사위를 둘러볼 수 있었고, 최하나의 말마따나 천장 가득 자리 잡은 박쥐를 발견했다.

곧 그들이 들어왔던 문이 닫히며 새로운 메시지가 나타났다.

[올바르지 않은 길입니다.]
[시련이 주어집니다!]

그 순간 일행을 중심으로 엄청난 빛무리가 터져 나왔다. 보아하니 그들의 발밑엔 마법진이 있었다.

"옵니다!"

큰 빛무리에 반응한 박쥐들이 일제히 날카로운 이빨을 드러내며 하강하기 시작했다.

리트리하가 전면에 방패를 세워 돔을 만들었지만, 박쥐들의 공격력은 생각보다 훨씬 거셌다.

근접한 박쥐들의 형상을 살핀 강서준은 놈들의 정체가 단순한 박쥐가 아니라는 것도 알 수 있었다.

"이놈들…… 키메라입니다!"

용아병과 마찬가지로 몬스터를 조합해서 만들어 내는 용의 창작품 중 하나.

그중 키메라는 보통 실패작을 의미했고, 지성을 갖추지 못한 채 조합된 몬스터의 합본을 말했다.

당장 눈앞에 있는 박쥐는 거미랑 섞어 놓기라도 했는지 다리가 여덟 개였고, 종종 날카로운 실 따위를 뿌려 대기도 했다.

"공격으로 전환!"

하지만 강서준을 비롯한 일행은 무리 없이 몬스터의 습격을 막아 냈다.

첫 습격이 끝나자마자 리트리하가 방패를 내렸고, 링링의 마법이 주변을 한 번에 달궜다.

최하나는 곳곳에 폭발을 일으켰고, 강서준도 빠지지 않고 사방으로 단검을 날렸다.

숫자가 무색할 정도로 키메라가 학살당하는 건 단 한 번의 타이밍이면 충분했다.

아무렴 당연한 일이다.

'다들 강해졌어.'

강서준의 곁에 선 이들은 드림 사이드 1에서부터 '천외천'이라 불리는 최고의 강자들. 현 세계에서도 손에 꼽히는 최상위 랭커들이다.

이 정도 함정에 굴할 만한 파티가 아니다.

"그나저나 링링. 어떤 것 같아?"

폭연을 바람으로 밀어내고, 몬스터 소탕이 끝나자 방의 불이 밝아졌다.

종전의 석실처럼 주변엔 아무것도 없게 되었고, 그들 앞으로는 문이 덩그러니 나타났다.

이번엔 세 개의 문이었다.

"실패할 때마다 하나씩 늘어나는 방식이야."

하지만 마냥 실패했다고 보긴 어려웠다. 적어도 이번 퍼즐의 해답이 '시간'과 관련된 건 아니라는 사실을 알아냈으니까.

'게다가……'

강서준은 옆에서 곰곰이 고민에 빠진 링링을 바라봤다.

사실 이번 탑을 통과하면서 그가 굳이 머리를 쓸 필요도 없을 것이다.

'원래 이런 던전은 링링의 주특기니까.'

그녀는 턱을 손으로 쓸더니 말했다.

"문 세 개 다 정답이 아니야."

"응?"

"이번 퍼즐의 단서는 지극히 단순해. 올바른 길을 찾으라는 거지."

상위 0.001%
랭커의 귀환

강서준은 고개를 주억거리며 링링의 말을 경청했다. 그녀는 유레카를 외친 아르키메데스처럼 씨익 웃으며 말을 이었다.

"'고르는 게' 아니라 '찾아야 한다'는 거야."

퍼즐 던전에서는 작은 단어 하나가 큰 단서가 되기도 한다.

무심코 지나가는 횃불의 개수, 혹은 벽화조차 그 퍼즐의 해답이 될 수도 있는 곳.

강서준은 링링의 말에 쓰게 웃었다.

"이 문 말고 다른 문을 찾아야 한다는 거야?"

말하자면 이번 퍼즐은 플레이어에게 선택을 강요하는 착각을 일으키는 게 핵심이다.

선택지를 던져 놓고, 찾으라고 한다면 누구나 그 둘 중 정답을 고르려 할 테니까.

'문제는 객관식이 아니라 주관식이었단 거로군.'

그렇다면 다른 문은 어디에 숨겨져 있을까.

주변을 둘러봤지만 여전히 사방은 막혀 있었다. 처음에 넘어올 때와 마찬가지로 다른 단서는 없었다.

"키메라가 힌트야. 거미나 박쥐는 천장에 거꾸로 매달리는 생물이니까."

"……거꾸로?"

강서준은 말없이 주변을 둘러보다, 한 방향을 바라봤다.

저도 모르게 헛웃음이 나오는 건 왜일까.

"……설마."

"맞아. 우리가 들어온 입구."

링링은 확신에 찬 목소리를 냈다.

"처음부터 이 방엔 문이 하나씩 더 있었어."

그곳이 이 방의 해답이었다.

이후로도 일행은 빠르게 탑을 돌파해 나갔다.

[균형을 맞추시오.]

양쪽의 무게 저울에서 마력을 담아 무게중심을 같게 만들어야 하는 방부터.

각종 장애물이 일정한 패턴으로 발동되어, 피지컬을 요구하는 방.

일정 수준 이상의 마력을 투과시켜야만 열리는 문이나, 반마력 폭풍 지대처럼 마력을 갉아먹으며 인내심을 테스트하는 곳도 있었다.

"바로 넘어갑니다."

하지만 베테랑 네 명이 모인 파티였다. 난해한 던전의 난이도도 그들의 발목을 묶을 순 없었다.

이윽고 일곱 번째 퍼즐을 돌파한 시점에서, 그들은 처음으로 흔적이라 할 만한 걸 발견했다.

"이건……."

그곳은 몬스터조차 등장하질 않는 '보물찾기' 형식의 방이었다.

마력을 탐지기로 사용하여 이에 반응하는 '반마력 조각'을 찾는 게 핵심인 방.

그 방의 크기가 넓어 방대한 마력량과 세밀한 컨트롤을 요구하는 미션이었는데.

무슨 일이 있었는지 몬스터 하나 없는 그 방의 곳곳에는 피가 낭자하고 있었다.

"강서준 씨, 이것 좀 보세요."

최하나가 가리킨 방향의 벽면엔 피가 폭발한 듯한 형상도 있었다.

문제는 그뿐만이 아니었다.

"마력은 뭐 이리 불안정해?"

진즉에 사방으로 마력을 흩뿌리며 탐색하던 링링은 예상치 못한 난항에 고통스러워했다.

강서준도 류안을 발동시켜 방 안을 둘러보니, 가득 들어찬 마력이 정신없이 요동치는 게 보였다.

마치 고삐 풀린 망아지처럼.

[스킬, '위기 감지(A)'를 발동합니다.]

강서준은 치미는 감각에 몸을 떨며 일행과 시선을 마주했다. 이는 어쩌면 위기 감지가 없더라도 느낄 수 있는 감각일 것이다.

"너도 느꼈어?"

"응. 뭔지 모르지만 굉장히 불길해."

강서준은 거두절미하고 빠르게 퍼즐을 공략해 나갔다. 그래도 류안과 집중을 섞어서 사용하니 반마력 조각쯤이야 찾는 건 일도 아니었다.

그리고 일곱 번째 퍼즐이 마지막이었을까?

['용의 머리'에 도달했습니다.]

강서준은 멀리 용의 이빨이 도드라진 탑의 꼭대기에 올라설 수 있었다.

처음 이곳으로 진입할 때 보았던 용의 머리였다.

혓바닥처럼 생긴 건축물 위로는 찬란한 빛을 내는 한 구슬도 있었다.

'여의주.'

하지만 여의주를 더 볼 새도 없이, 근처를 서성이는 검은 형체도 발견하고야 말았다.

-ㄱㅏㅇㅎㅐ……ㅈㅕㅇㅑ……ㅎㅐ

목을 쇠로 긁는 듯한 음성은 도통 남자인지, 여자인지, 그 나이조차 알 수 없었다.

그림자를 뭉쳐 놓은 것처럼 생겼으면서 눈, 코, 입이 자유자재로 떠다니고 있었다.

종종 입이 위로 올라가고 눈동자가 아래로 내려갔으며, 코가 발톱처럼 땅에 딱 달라붙기도 했다.

'진짜 기괴하군.'

또한 잠시 고개를 돌린 놈의 눈동자에선 온몸이 저리는 소름이 느껴졌다. 여태 느꼈던 '위기 감지'의 원인을 바로 깨달을 수 있었다.

-ㅋㅔㅇㅣㄴ__ㄴ ㄱㅏㅇㅎㅐ…….

언뜻 보기엔 '그리드' 같았고, '트리거'나 '인스텐더'를 떠오르게 하는 생명체.

하지만 그 힘의 크기는 이전의 그들과 비교조차 할 수 없는 괴물.

문득 저 형태와 비슷한 놈을 떠올릴 수 있었다.

'하르트.'

몬스터를 강제로 진화시키는 컴퍼니 특유의 약물로, 결국 버그로 탄생했던 질투욕의 익스텐더.

케이의 짝퉁이었던 '하르트'의 마지막 모습이 딱 저러했던 것 같다.

'아니, 달라.'

[금기를 어긴 엘리트 몬스터, '화룡 마그리트(?)'를 마주했습니다.]

이놈은 '버그'가 아니었으니까.

―ㅇ_ㅓㅇㅓ……ㅂㅐ시ㄴ……ㅈㅜㄱㅇㅓ…….

이벤트의 최종 목적지인 '여의주'를 앞두고, 기괴한 형상으로 그 근처를 서성이는 한 몬스터.

화룡의 해츨링이었던 '마그리트'는 전에 없던 강력한 기운을 흘리며 정처 없이 괴상한 소리만을 냈다.

강서준은 눈살을 찌푸리며 시스템 메시지에 주목했다.

'금기를 어긴 몬스터라고?'

화산둥지를 앞두고 쓰러져 있던 두 구의 해츨링 시체가 절로 떠올랐다. 별안간 심장이 뜯겨 죽어 있던 놈들.

'이놈…… 설마.'

그리고 녀석이 어떤 방식으로 그들을 해쳤고, 지금의 모습으로 변하게 된지도 알 수 있었다.

그러니까 금기를 어겼다는 건.

[스킬, '영안(S)'을 발동합니다.]

"저놈…… 동족을 먹은 겁니다."

"네?"

마그리트의 몸속에 세 개의 심장이 뛰고 있었고, 심장마다 얽힌 영혼은 섞이지 못하고 따로따로 나뉘어져 있었다.

─ㅇㅕㄱㅣㄴ…… ㅇㅓㄷㅣ? ㄴㅏㄴ느ㄴ ㅇㅗㅐ…….

가만히 보고 있으니 놈의 말투나 인격이 수시로 바뀌고 있었다.

한 놈은 케이를 경계했고, 한 놈은 배신에 대한 원한을 드러냈고, 또 한 놈은 이 상황을 전혀 이해하질 못하는 눈치였다.

아무래도 지금 녀석의 몸은 세 개의 영혼이 한 몸을 차지하기 위해 싸우고 있다고 봐야 한다.

─ㅋㅔㅇㅣ…… ㅈㅜㅇㅣㄹㄱㅓㅇㅑ.

혼자 중얼거리는 마그리트를 경계하며, 최하나는 조심스러운 목소리로 입을 열었다.

"강서준 씨. 저놈 아직 여의주를 차지하지 못했어요."

"……네."

웃긴 일이었다.

마그리트는 동료의 심장을 빼앗으면서까지 이벤트를 빠르게 달성하려고 했다.

근데 정작 탑의 끝에 서서 그 자아가 붕괴되고, 신체의 폭주를 막지 못하여 저 모양이라니.

'욕심이 일을 그르쳤군.'

강해지는 방법은 다양하게 있을 테지만, 확신할 수 있는 건 저놈은 지금 최악의 방법을 선택했다는 것이다.

"목적은 여의주부터 차지하는 걸로 하죠. 그게 우선이에요."

"네."

어쨌든 놈이 알아서 폭주해 준 덕분에 그들에게도 기회가 온 것이다.

"리트리하 님. 어그로를 부탁드려도 되겠습니까?"

문제는 여의주까지 가는 길목엔 마그리트가 서성인다는 점. 어떻게든 놈의 주의를 끌 필요가 있다.

"물론이죠."

리트리하는 든든하게 말하며 바로 정면으로 내달렸다. 커다란 방패를 일부러 바닥에 끌어 소음을 냈다. 마그리트가 바로 관심을 가지고 그쪽으로 시선을 던졌다.

—ㅋㅔㅇㅣㄴㅑ……!

놈은 리트리하의 정면으로 순간이동을 하듯 나타났고, 날카롭게 세운 손톱을 그대로 휘둘렀다.

콰아아아앙!

리트리하가 빠르게 방패를 들어 막아 내며 주르륵 뒤로 밀려나고 말았다.

"크으으윽……!"

방어력만큼은 지구에서 최고라 불리는 리트리하가 신음을 하며 겨우 몸을 추슬렀다.

"엄청난 공격력입니다."

마그리트는 리트리하를 완전히 적으로 인식했는지 좀 더 본격적인 공세로 접어들었다.

리트리하는 뒤로 날개까지 펼쳐 버티는 힘을 늘렸지만, 마그리트의 힘은 생각보다 훨씬 강했다.

"오래 버티진 못합니다!"

강서준은 고개를 주억거리며 빠르게 여의주를 향해 내달렸다. 거리는 그다지 멀지 않았다.

초상비에, 광속을 섞는다면 순식간에 여의주가 있는 곳까지……

타아아앙!

그 순간 총성이 울리며 강서준은 빠르게 옆으로 몸을 날렸다.

강서준을 노리고 달려들던 마그리트의 어깻죽지를 총알이 관통하고, 그 덕에 마그리트의 공격이 애꿎은 허공을 가르고 지나갔다.

"저놈, 어그로가 안 끌려요!"

강서준은 이를 악물고 이어진 마그리트의 공격을 재앙의 유성검으로 받아쳤다.

-ㅋㅔ이……!

가까이에서 본 마그리트의 눈빛엔 살기가 넘실거리고 있었다. 놈이 뱉어 내는 호흡엔 감당할 수 없는 마력과 반마력이 뒤엉켜 숨이 막힐 정도였다.

'설마 의식을 차린 건가?'

어그로를 끌던 리트리하를 바로 무시하고 그를 향해 달려온 마그리트였다.

무지성인 상태라면 결코 하지 않았을 선택.

그러고 보면 '케이'를 언급하는 마그리트의 영혼이 꽤 오랫동안 저 몸의 행동을 제어하고 있었다.

하지만 일순 마그리트가 몸을 부르르 떨더니 말투를 싹 바꾸었다.

ㅡㅂㅐㅅㅣㄴㅇㅡㄹ ㅎㅐ? ㅈㅜㄱㅇㅕㅂㅓㄹㅣㄱㅔㅆㅇㅓ……!

그때부터는 전투 방법도 다르게 바뀌었다. 날카로운 손톱으로 위협하기보단 무투가처럼 주먹을 휘둘렀다.

이어서 마법도 사용했는데, 화룡의 해츨링이던 '마그리트'는 바람 칼날을 수십 개 가공하여 날려 대고 있었다.

강서준은 그 영혼을 들여다봤다.

'풍룡의 해츨링.'

강서준은 녀석이 쏘아 대는 마법을 피해 어쩔 수 없이 일단 뒤로 물러나야만 했다.

"……?"

근데 일행이 선 자리까지 돌아가니, 뒤따르는 공격이 더는 보이질 않았다. 이게 무슨 일인가 했더니 링링이 말했다.

"처음부터 어그로는 끌린 게 아니야. 저놈…… 여길 막고 있는 거야."

마그리트는 다시 주변을 서성이면서 자아를 바꿔 가며 혼잣말을 이어 나갔다.

모르긴 몰라도 링링의 말처럼, 마그리트는 오직 이곳을 지나가려는 자에게만 반응하는 듯했다.

강서준은 두 눈을 금빛으로 물들였다.

[스킬, '류안(S)'을 발동합니다.]

"단거리 포탈을 만들어도 마그리트를 무시할 수는 없을 거야."

보아하니 여의주가 있는 곳부터 마그리트가 선 자리까지가 모두 놈의 영역이었다.

흘러나온 수많은 마력은 피부처럼 주변을 인식해, 이질적인 감각을 바로 알아차리는 것이다.

리트리하가 한숨을 내쉬며 말했다.

"……마그리트를 먼저 공략하는 수밖에 없으려나요."

그 의견에 동조했는지 링링이나 최하나가 각자의 무기를 꽉 쥐고 마력을 끌어 올렸다.

리트리하도 대검을 꺼내 들어 방어보다는 공격에 전념할 기세였다.

하지만 강서준은 고개를 가로저었다.

"아뇨. 여의주를 먼저 차지해야 합니다."

"네? 하지만 그래서는……."

"리트리하 님 말대로 마그리트를 먼저 공략하는 것도 좋은 방법일지도 몰라요. 어차피 저놈만 쓰러트린다면 여의주를 차지하는 건 일도 아닐 테니까."

그라고 그 생각을 안 해 봤을까.

분명 예전의 마그리트라면 현재 이 파티로도 충분히 사냥할 만한 수준의 몬스터였을 것이다.

지난 일주일간 폭업을 한 강서준은 전성기의 마그리트라고 해도 홀로 상대할 자신이 있었다.

"근데 그래선 안 돼요."

이건 논리로 설명하기 어려운 일이다. 그리고 결코 무시해선 안 될 일이라고 할 수 있다.

"위기 감지가 발동하거든요."

마그리트를 먼저 쓰러트리려고 생각할 때마다, 그 예리한 감각이 정신을 헤집어 놓는 것이다.

"이대로는 무슨 일이 벌어질지 모릅니다."

"네?"

"아무래도 저놈…… 전성기보다 더 강한 것 같아요."

상위0.001%
랭커의귀환

이건 시스템 메시지를 봐도 추측할 수 있는 문제였다.

마그리트의 현재 등급은 A급도 아니라 ?로 표기되고 있었으니까.

'추측 불가능.'

강서준은 녀석을 바라봤다.

'금기를 어겨 자아를 잃었지만, 무엇보다 괴물이 된 존재.'

강서준은 입술을 잘근 깨물며 중얼거렸다.

"여의주를 먼저 차지해야 합니다. 그게 저놈을 공략할 유일한 방법이에요."

투콰아아앙!

바다 위를 뛰어다니며 호흡을 가다듬은 진백호는 눈앞으로 쏘아지는 물대포를 손짓으로 날려 버렸다.

"아쿠아!"

그의 어깨 너머로 요정같이 작은 물의 정령왕이, 종전에 날아오던 물대포보다 더 큰 물대포를 적에게 날렸다.

스스로를 '롤리비아'라 소개한 수룡의 해츨링은 당황하며 빠르게 공중으로 치솟았다.

ㅡ어찌 인간이…… 정령왕을!

하지만 그 위론 푸른 머릿결을 흩날리며 파랑이가 작은 주먹을 꽉 말아 쥐어 기다리고 있었다.

쿠우우우웅!

작은 주먹으로 휘둘렀다고 보기엔 거대한 충격파!

한 방에 다시 바다로 추락한 롤리비아는 이를 악물고 파랑이를 올려다보며 외쳤다.

-어르신! 대체 왜 저를!

"자꾸 누구보고 어르신이래!"

파랑이는 특별히 마법을 부리는 것도 아니었다. 그저 빠르게 움직여 롤리비아에게 주먹을 콱콱 쥐어박는 것에 불과한 공격들.

하지만 그게 어찌나 강력했는지, 진백호가 수시로 물살을 조정하지 않았으면 해일이 마을을 몇 번이나 덮쳤을지도 모르겠다.

"저런 아이가 우리 적이 될 뻔했다는 거잖아…… 하아."

새삼스럽게도 강서준이 저지한 파리의 사건이 얼마나 중차대한 일이었는지를 깨닫는다.

그리고 이번 이벤트 또한 '파랑이'라는 '용'의 등장으로 인해 벌어진 일.

어째서 관리자가 나서기까지 하여 플레이어의 수준을 올리려 했는지도 여실히 알 수 있었다.

"용은 정말 괴물이구나."

듣기론 파랑이는 아직 완전히 각성하지 못한 용이었다.

그저 신체만 완성된 반쪽짜리 용!

근데 그것만으로도 이미 해츨링을 압도하고 있었다. 마법도 쓰질 않아도 그 파괴력은 상상을 초월했다.

-으아아아! 어르시이이인! 제발!

"난 너 같은 놈 몰라!"

결국 비명을 지르던 롤리비아는 파랑이의 주먹에 맞아 흐늘거리는 미역처럼 파도 위에 힘없이 널브러졌다.

아직 죽진 않았지만 더는 싸울 힘이 없는 듯했다.

"응? 아저씨!"

"······응?"

"파파왕이랑 친하죠?"

잠시 멍을 때리며 롤리비아를 보는 사이, 파랑이가 해맑게 웃으며 진백호에게 다가왔다.

그러더니 옷깃을 잡아당기며 말했다.

"사진 좀 찍어 줘요. 그······ 증거를 남겨야 해요."

파랑이는 파도에 해안가까지 밀려 온 롤리비아의 옆에 서더니 브이를 그리고 있었다.

"얼른요!"

"그, 그래······."

진백호는 쓰게 웃으며 핸드폰으로 사진을 찍어 줬다. 버젓이 롤리비아의 머리끄덩이를 잡아 올려 포즈를 취하는 모습에, 진백호는 말없이 혀를 내두를 뿐이었다.

'강서준 님이 왜 너튜브로 파랑이에게 유아 콘텐츠를 많이 보여 줬는지 알겠네.'

파랑이는 종족부터 인간이 아니다. 외관만 그저 어린아이의 형상을 하고 있을 뿐이다.

그리고 한 달 전만 하더라도 옹알이를 하던 파랑이가, 어느덧 의사소통이 수월할 정도로 성장한 걸 보면 앞으로 얼마나 더 빠르게 클지 상상이 안 되었다.

'일찍부터 상식을 교육할 필요가 있는 거야.'

적어도 인간 사회에 살면서 사고는 치지 않도록.

최소한 그녀보다 약한 종족을 함부로 업신여기진 못하도록.

'용의 입장에서 인간을 죽이는 건 사람이 개미를 죽이는 것처럼 쉬운 일이니까.'

진백호는 파랑이가 이번에 해츨링을 죽이지 않은 것도, 어쩌면 그 교육의 여파일지도 모른다는 생각이 들었다.

그가 알기론 최근에 파랑이가 빠진 유아 콘텐츠는 '포로로'와 더불어 '파워수비대'였으니까.

"나 히어로 같았지?"

진백호는 애써 고개를 끄덕이며 긍정해 줬다. 그리고 마을 쪽을 둘러볼 수 있었다.

"그래도 상황이 나쁘지만은 않아."

마을을 침략한 몬스터는 여전히 많았지만, 플레이어들은

각자 자리에서 저마다 십분 능력을 발휘하고 있었다.

일주일간의 이벤트는 헛된 게 아니었다. 다들 자신감이 대단했고, 그만한 성과를 보이는 것이다.

가장 문제가 됐던 '해츨링' 또한 처치되질 않았는가.

진백호는 풍룡의 해츨링을 홀로 쓰러트리고 유유히 그에게 다가오는 켈을 볼 수 있었다.

"스승님!"

본격적으로 그에게 정령술을 가르치기 시작한 후부터는, 진짜 스승처럼 따르고 있었다.

켈은 대견한 얼굴로 진백호를 보더니 말했다.

"한 시간 정도는 공치사를 해 주고 싶은데…… 그럴 시간은 없는 것 같다."

"네?"

"케이가 위험해. 아까부터 생각이 폭주하고 있어."

진백호의 시선은 화산으로 향했다. 아직 그곳에 열린 포탈은 닫히지 않았고, 늦지 않았다면 그 안으로도 들어갈 수 있을 것이다.

[12위 진백호 – 83,227pt]

마지막 바다를 넘나든 결과로, 그는 기어코 12위에 안착할 수 있었으니까.

"알았어요. 얼른 따라가……."

하지만 그때였다.

"ㅇㅇㅇㅇㅇㅇㅇㅇ!"

돌연 파랑이가 머리를 쥐어뜯으며 신음을 흘려 댔다. 전혀 예상하지 못한 상황이라 켈도 당황스러운 음성을 토해 냈다.

"애, 애 왜 이래?"

파랑이는 신음을 흘리며 같은 말을 반복했다.

"뭔가가…… 뭔가가 와! ㅇㅇㅇㅇ!"

"다시 말하지만 우리에게 방법은 하나뿐입니다. 무슨 수를 써서라도 여의주를 차지하는 것. 이게 최선입니다."

강서준은 재앙의 유성검을 오른손에, 그랑의 어금니 단검을 왼손에 쥐었다.

도깨비갑주는 마기로 덧입혀 소환했고, 그 위에 도깨비불마저 두르니 위력은 더더욱 강해졌다.

마력은 이미 진동하고 있었고, 사실상 그는 당장 낼 수 있는 최고의 효율로 몸을 조율하고 있었다.

[이곳은 '핏빛 도깨비의 달'이 떠오른 영역입니다.]

[영역 내의 존재에게서 피를 강탈합니다.]

[해당 효과는 5분간 지속됩니다.]

[영역 선포자 : 강서준]

재앙의 유성검의 '영역 선포'까지 마쳤으니 그가 할 수 있는 모든 건 다 한 셈이다.

최하나가 약간 하얗게 질린 안색으로 물었다.

"그 정도로 위험해요?"

"네. 지금도 부족해요. 위기 감지가 끝없이 발동하고 있다고요."

아마 마그리트 자체는 그리 까다로운 몬스터는 아닐 것이다.

제아무리 동족을 먹었다고 해도 아직 안정화되지 못한 힘이었으니…….

무지성에 가까운 몬스터를 상대하는 것쯤은 이리 무리를 하질 않더라도 가능했다.

인간은 붉은 깃발 하나만으로도 그보다 강한 황소를 제압할 수 있으니까.

'진짜 문제는 쓰러트릴 수 없다는 거야. 위기 감지가 발동한 이유는 이것 때문이겠지.'

강서준은 류안을 발동시켜, 마그리트의 몸 안에서 뒤엉킨 세 개의 힘을 확인했다.

세 개의 드래곤 하트, 세 개의 영혼.

그곳에서 마력과 반마력이 제멋대로 흔들려, 분출을 앞둔 활화산처럼 그 자체로 부글거리고 있었다.

"마그리트를 죽이면 이 근방이 모조리 소멸할지도 모릅니다."

과거 라이칸이 버그가 됐을 때를 생각하면 이해하기 쉽다.

제멋대로 다른 영혼을 삼킨 자의 말로(末路).

제어하지 못해 폭주한 영혼은 주변으로 어떤 영향을 줄지 아무도 예측할 수 없다.

그것도 전생인의 영혼이다. 자칫 잘못하면 최악으로 치달을 수 있었다.

링링은 강서준의 말을 바로 이해했다.

"……죽이지 않고 제압해야 하는군."

뇌관만 잘못 건드려도 일대를 폭파시킬 거대한 핵탄두를 상대로 싸우는 일이다.

그저 제거해 버리면 그만이던 것과는 하늘과 땅 차이로 난이도가 올라간다. 강서준은 한숨을 삼키며 말했다.

"그것도 오래 안 남았어요. 마그리트가 다른 영혼들을 제압하면 또 큰일입니다."

용의 머리로 올라온 지 오래되진 않았지만, 점차 놈의 어눌하던 말투가 고쳐지고 있었다.

밖으로 흘러나오던 마력도 조금씩 정갈하게 정돈되는 건 착각이 아닐 것이다.

리트리하가 입술을 잘근 깨물었다.

"시간제한까지 있는 거군요."

강서준은 고개를 주억거리며 호흡을 정돈했다. 작전은 이미 공유했으니 남은 건 실행뿐이다.

최하나도 어느덧 푸른 불꽃을 일으켜 영혼을 불태우며 모든 준비를 마쳤다.

"설령 강서준 씨의 말대로 여의주를 차지한다고 해도 상황이 나아지지 않을 수도 있어요."

용의 시험을 통과한 보상은 아무것도 밝혀진 게 없었다. 그저 추측하기로는 이벤트답게 커다란 혜택을 줄 거라는 것 정도였다.

'대단히 강력한 아이템이거나……'

혹은 엄청난 스텟 보상.

어느 쪽을 상상해도 이 상황에선 유의미한 성과였다.

'반대로 완전히 실망스러울지도 모르지.'

하지만 강서준은 깊게 생각하진 않았다.

당장 마그리트를 상대한다고 해도 승산을 장담할 수 없는 상태라면, 뭐라도 더 시도해 보는 게 좋다.

확인해 보지 않으면 알 수 없는 일로 가타부타 가능성부터 논하는 게 더 우스운 일이다.

"그땐 그때 가서 고민하죠."

잠시 시선을 마주한 두 사람은 동시에 앞으로 달려 나가기 시작했다.

　일정 지점을 넘어서자 마그리트가 빠르게 반응을 해 왔고, 허공을 가르고 날아온 리트리하가 그 공격을 막아 냈다.

　"최하나 님!"

　그의 외침에 최하나는 빠르게 방아쇠를 당겨 마그리트의 상단을 노렸다.

　푸른 불꽃이 일직선으로 날아 놈의 뒤통수를 적중시키는 데에 성공했다.

　티이잉!

　문제는 관통은커녕 어떤 대미지도 주질 못하여 옆으로 튕겨 나갔다는 것이다.

　"괴물 같은 놈…… 그새 성장했다고?"

　리트리하는 힘겹게 공격을 막아 내던 중 날카로운 손톱에 의해 복부를 찔리고야 말았다.

　그러나 강서준은 뒤도 안 돌아보고 빠르게 여의주를 향해 달려 나갔다.

　어떻게든 돌파해서 여의주를 먼저 차지하는 일. 그게 강서준에게 주어진 임무였다.

　ㅡㄱ_ㅇㅓㅇㅓㅇㅓㄱ……!

　역시 바로 알아차린 마그리트가 바로 몸을 돌렸지만, 리트리하가 이번엔 그를 놔주질 않았다.

　복부를 찌른 손을 애써 붙잡고 온 힘으로 그를 붙든 것이다.

츠츠츠츳!

하지만 마그리트는 괴성을 지르더니 이내 몸이 두 개로 분열되어 버렸다.

영안으로 살펴보니 녀석은 하나의 심장에 영혼을 묶어 분신처럼 리트리하에게 남겨 둔 것이다.

"어딜!"

최하나가 앞을 막아서며 연달아 사격을 가했다. 그러자 놈은 한 차례 더 분열하며 최하나를 무시하고 달려들었다.

-ㅋㅔㅇㅣ······ㅇㅣㅇㅣㅇㅣ!

여의주를 눈앞에 둔 강서준을 향해 미친 듯이 달려드는 꼴은 마치 짐승 같았다.

콰아아앙!

강서준은 잠시 녀석을 견제하며 발걸음이 묶였다. 물론 다행히 허공을 열고 나타난 링링이 지팡이를 휘두르며 마그리트를 막아섰다.

쿠구구구구구궁!

놈의 상단으로 엄청난 중력이 전개되면서, 앞으로 나아가는 데에 큰 부하를 줄 수 있었다.

링링이 미간을 구기며 외쳤다.

"오래 버티진 못해!"

"오케이!"

마그리트 녀석이 다급한 와중에 두 번의 분열을 하여 힘을 나눠 놨다지만, 놈은 여전히 강했다.

해츨링을 상대로 여유로운 전투를 펼칠 수 있는 건 '강서준'이니 가능한 이야기.

리트리하나 링링, 최하나는 해츨링을 상대로 싸우려면 그만한 모험이 필요했다.

게다가 이놈들은 분열을 하면서 영혼이 전부 따로 나뉜 게 아니었다.

'떨어져 있지만 연결되어 있어. 이놈들…… 섞이기 시작했구나.'

기합을 내지르며 버티는 리트리하와 연신 속도전을 벌이는 최하나. 구슬땀을 흘리는 링링을 둘러본 강서준은 입술을 잘근 깨물었다.

즉 서로 연결된 만큼 여전히 적을 죽일 수 없는 리스크는 똑같았다. 일행은 전력을 다한 싸움도 할 수 없는 것이다.

강서준은 목숨을 걸고 전투를 잇는 동료를 일별했다.

"조금만 기다려요. 금방 다녀올 테니."

이벤트의 보상이자, 왕의 시험의 마지막 단계인 '여의주'가 눈앞에서 빛을 내고 있었다.

[플레이어 '강서준'이 '여의주'를 만졌습니다.]

['용의 시험'이 시작됩니다.]

눈을 껌뻑이자 어느덧 그는 거대한 적막 속에 홀로 서 있
단 사실을 깨달았다.

고개를 돌려 주변을 살폈다.

움직일 때마다 물결이 파동을 치고, 하늘은 구름 한 점 없
이 푸르기만 한 땅.

마치 파도 한 점이 없는 드넓은 태평양 한가운데에 선 기
분이었다.

"기다리고 있었다."

돌연 들려온 목소리에 고개를 돌리니, 물이 솟구쳐 한 형
상이 만들어졌다. 강서준은 바로 알아봤다.

"……해왕?"

"역시 케이. 네놈이 먼저 오는군."

일전에 헬 난이도 테스트에서 마주했던 해왕은 오연한 시
선으로 그를 보고 있었다.

말없이 시선을 마주하던 강서준은 새삼스러운 진실도 깨
달을 수 있었다.

'강하다.'

일전에 마주쳤던 녀석은 새 발의 피라고 느껴질 정도
로…… 눈앞의 해왕은 막강하기 그지없었다.

해왕은 강서준의 생각을 읽기라도 했는지 피식 웃었다.

"꽤 놀란 눈이군. 그렇게 볼 만해. 난 분신이 아니니까."

그는 어깨를 으쓱이며 말했다.

"내 이름은 아드리안. 해왕이라 불렸고, 안내인이라 불렸으며, 여의주라고도 불리는 자."

"……여의주?"

"반가워. 난 '인내의 성물 아드리안'이라 하네."

강서준은 차분하게 손을 내미는 아드리안을 말없이 바라봤다. 상황에 대한 이해가 곧바로 이어지질 않고 있었다.

"잠깐…… 잠깐만요. 당신이 여의주고, 뭐? 인내의 성물?"

솔직히 해왕이 이벤트에서 등장한 게 의문이긴 했다. 느닷없이 나타나기엔 유명세나 그 힘이 너무 강력한 몬스터였으니까.

근데 그가 몬스터조차 아닌, '아이템'이었다고?

"이해할 필요는 없어. 받아들여야지."

"아니, 그래도 당신은……"

"케이. 몬스터 파크가 어떤 곳인지는 아나?"

강서준의 말을 잘라먹은 아드리안은 처음부터 대답을 들을 생각이 없었는지 제멋대로 말을 이어 나갔다.

"여긴 @@#%!에 대항하기 위해 만들어진 특수한 기관. 오래전 태초의 용인 '레드리히'가 만들었고, 드래곤 로드가 관리하는 땅이지."

아드리안의 입이 모자이크가 되고, 괴상한 소음이 섞였다.

실로 오랜만에 보는 필터링이 되는 정보였다.

"레드리히의 계획은 단순했어. 힘의 논리로 무너지지 않는 후예를 기르고자 했지."

강서준은 더 묻지 않고 그의 말을 경청하기로 했다.

이곳이 그의 무의식이었고, 생각의 속도만큼이나 바깥 공간과의 시간 차이가 생겨난다는 걸 알아차렸기 때문이었다.

"하지만 대차게 실패했어. 이곳은 워낙 살아남기가 험난한 땅이었거든."

확실히 그럴 법했다.

그가 일주일간 겪어 본 이 섬의 몬스터는 과할 정도로 다양했고, 섬 내에서 겪을 수 있는 환경도 각양각색이었다.

영역별로 구역을 제한해 두질 않았더라면 아마 섬은 아수라장이 되고 말았을 것이다.

아드리안은 첨언해서 말했다.

"그때는 난이도별로 사냥터를 나누지도, PVP 제한도 없었거든."

아드리안은 먼 과거를 회상하는 눈으로 말을 이어 나갔다.

"그래서 레드리히는 관리자 #%#*^와 손을 잡고 이곳을 새로 정비하기로 했지. 그렇게 완성된 곳이 바로 '몬스터 파크'가 된 거야."

그는 대뜸 씨익 웃으면서 말했다.

"근데 관리자는 맨입으로 일을 처리해 주진 않았어. 단 하나의 조건. 훗날 이곳을 공략할 한 '존재'에게 어느 물건만 전해 달라고 부탁을 했지."

"……"

"관리자는 나를 이곳에 귀속시키며 훗날 찾아올 '도깨비의 왕'을 기다리게 했다. 만약 그가 죽지 않고 이곳을 찾아와 마지막 시험까지 돌파해 낸다면…… '이걸' 건네라고 말이야."

강서준은 아드리안이 꺼낸 검은색 카드를 저도 모르게 받아 들 수 있었다.

[아이템, '블랙 카드'를 습득했습니다.]

그저 새카만 색깔의 카드였고, 상태창엔 아무런 설명도 적히지 않은 아이템이었다.

멍하니 내려다보고 있노라니 아드리안은 길게 한숨을 내뱉더니 말했다.

"좋아. 이제야 나도 좀 쉴 수 있겠어."

"네?"

"슬슬 인내하기도 버거웠는데 잘됐어."

뭐라 말을 채 잇기도 전에 아드리안의 형상은 차츰 희미해지고 있었다.

강서준은 자기 할 말만 하고 사라지려는 아드리안을 향해 쌍심지를 켜며 물었다.

"잠깐 이게 끝이에요?"

"뭘?"

"아니, 이렇게 싱거운 결론이 이번 이벤트의 진짜 끝이냐고요."

강서준은 납득할 수 없었다.

몬스터 파크의 기원은 생각보다 크고, 필터링이 걸릴 정도로 깊은 비밀이 숨겨졌다는 건 알겠다.

근데 그게 뭐?

정체를 알 수 없는 카드만 쥐여 주고 가 버리면 어쩌란 말인가.

이런 식으로 끝나 버리면, 여길 빠져나갔을 때에 마그리트를 상대할 방법은 전혀 없게 된다.

강서준은 고작 이런 비하인드 스토리를 들으려고 여의주를 차지하는 데에 전력을 다한 게 아니다.

거기다 의문도 남아 있었다.

"용의 시험은요?"

하지만 희미해지기 시작한 아드리안이 다시 선명한 색감을 가지는 일은 없었다.

"통과야."

"네?"

"레드리히가 요구하는 영혼의 수준을 월등히 뛰어넘은 순간부터 넌 이미 통과였거든."

아드리안은 더는 할 말도 없다는 듯 손사래를 치며 멀어졌다. 그가 완전히 인기척조차 사라지기 전에 남긴 한마디는 다음과 같았다.

"그럼 잘해 보라고."

홀로 남은 강서준은 헛웃음을 지어야만 했다.

뭔가 대단한 게 있을 것처럼 굴어 놓고, 정작 선물 상자를 열어 보니 빈 상자를 마주한 기분이다.

"……정말 이게 끝이야?"

그럼 여태 포인트는 왜 모아 왔단 말인가. 고작 이딴 정체도 알 수 없는 카드만 줄 생각이면 대체…….

속으로 한창 중얼거릴 즈음이었다.

[용의 시험을 통과했습니다.]

[칭호, '로드의 인정을 받은 자'를 획득했습니다.]

[레벨이 올랐습니다.]

[레벨이 올랐습니다.]

[레벨이 올랐습니다.]

마지막으로 그의 눈을 동그랗게 뜨게 할 만한 메시지가 그의 시야를 가리고 있었다.

[포인트를 정산 중입니다.]

[시스템에 의해, 당신에게 주어질 수 있는 보상 목록을 갱신합니다.]

[히든 포인트 상점을 개방합니다.]

[플레이어 '강서준'의 아이디 기록을 조회했습니다.]

[플레이어 '케이'의 기록을 확인했습니다.]

뇌신

강서준은 호흡을 가다듬으며 시스템 메시지를 집중해서 바라봤다.

"……히든 포인트 상점?"

첫 페이지부터 S급으로 나열된 아이템 목록이 그의 눈을 사로잡았다. 가히 '히든'이라는 말이 어색하지 않았다.

"마왕의 활, 대천사의 창, ……용살자의 검? 이걸 전부 살 수 있는 거야?"

물론 히든 포인트 상점답게 아이템별로 필요한 포인트의 양은 기겁할 수준이었다.

장비 하나에 최소 1만 포인트를 필요로 했으니, 말 다 한 셈이었다.

"이게 첫 페이지란 말이지."

강서준은 차분하게 뒷장을 넘겼다. 천정부지로 솟는 포인트 양과 얻을 수 있는 진귀한 물건들은 곳곳에 산재하고 있었다.

절로 침이 꿀꺽 넘어갔다.

스킬까지 S급으로 된 녀석들을 구매할 수 있는 줄 알았더라면, 지상수에게 억만금을 주고서라도 포인트를 사 올걸 후회가 된다.

"……뭘 사야 잘 샀다 소문이 날까."

미간을 좁히며 강서준은 페이지를 쭉쭉 뒤로 넘겼다. 갈수록 필요 포인트 양은 기하급수적으로 늘어났고, 이젠 개당 5만 포인트를 소모해야만 얻을 수 있는 것들이 나타났다.

그리고 이젠 마지막 페이지였다.

"……케이?"

황금빛으로 빛나는 마지막 페이지엔 '케이'란 이름이 양각되어 있었다.

제목만 봐선 도통 알 수 없어서 고개를 갸웃했다.

"일단 확인해 볼까."

그리고 강서준은 그 내역에 황당한 눈을 동그랗게 뜨며 헛웃음을 지었다.

"……이게 진짜 된다고?"

최하나는 연신 마탄을 발사하며 갖고 있는 모든 마력을 쏘아 냈다.

영혼까지 불태워 신체를 강화한 덕에, 일단 눈앞의 해츨링보다 속도 면에서는 우위를 점할 수 있었다.

문제는 녀석은 '화룡'의 속성을 가졌다는 점이고, 기본적으로 화룡은 공격력이 강하기로 유명한 족속이라는 것이다.

타아아아앙!

부지불식간에 발사된 마탄은 마그리트의 분신, '화룡 젠'이라 불리는 놈이 일으킨 불꽃에 삼켜졌다.

젠은 고열의 불꽃으로 주변을 휘감아 어떤 공격이든 녹여 버린다.

공간이동탄도 사용해 봤지만 일정 수준을 넘어서는 강자에겐 도통 소용이 없었다.

불시의 일격을 가하려 해도 놈은 주변으로 마력을 흩뿌려 두어, 재빨리 모조리 녹이거나 피해 냈다.

화르르륵!

최하나는 좁쌀처럼 가공된 불꽃이 그녀를 향해 연달아 발사되는 걸 겨우 피할 수 있었다.

'심지어 이놈, 성장하고 있어.'

하는 말은 'ㄱㅡㅇㅓㅇㅓ…….'나, 'ㅈㅜㄱㄱㅣㅅㅣㄹㅎㅇ

ㅓ.' 같은 말밖에 없는 주제에, 전투 센스는 또 발군이었다.

종전의 좁쌀 같은 불꽃을 연달아 발사하는 경우도 최하나의 기술을 따라 한 것이다.

투타타타탕!

결국 둘은 서로에게 피해를 줄 수 없는 대치만을 길게 늘어뜨렸다.

이건 확실히 좋지 못했다.

최하나는 영혼까지 불태워 가며 그 힘을 극대화시킨 상태. 이는 장시간 싸움에서 무리가 갈 정도로 체력 소모가 큰 기술이었다.

반면 상대는 갈수록 신체 능력도 올라가고, 기술의 세련된 효율이나 그 힘도 막강해져 간다.

최하나는 좁쌀 불꽃 사이로 은근슬쩍 휘둘러져 다가오는 바람 칼날을 피해 몸을 비틀었다.

'시간이 없어요. 서준 씨.'

그녀가 거친 숨을 몰아쉬며 여의주 방향을 곁눈질로 살펴볼 즈음이었을까.

쿠구구구궁!

강서준의 손아귀로부터 엄청난 빛이 폭사했고, 그 빛은 어두웠던 용의 머리를 순식간에 밝혔다.

그리고 그곳으로부터 엄청난 힘의 흡입이 생겨나더니 이내 폭풍 같은 기세로 마력이 방출됐다.

"최하나!"

리트리하가 방패를 땅에 박으며 몸을 숨겼고, 공간이동으로 최하나를 붙든 링링이 리트리하의 옆에 안착했다.

곧 마력이 태풍처럼 휘몰아치며 주변의 건물을 부수기 시작했다.

"앱솔루트 실드!"

링링의 지팡이로부터 파생된 마력과 반마력이 엉키고설켜 촘촘한 마법을 구성해 냈다.

방패를 중심으로 생성된 작은 원형 돔, 그 위로 덧씌워진 마법은 폭풍을 막아 내는 훌륭한 방파제였다.

"……성공한 걸까요?"

거센 마력 폭풍은 마그리트조차 버티기 버거웠는지, 전투는 일시적으로 소강상태로 접어들었다.

방패와 앱솔루트 실드에 의지하며 겨우 마력 폭풍을 버티던 일행은 초조한 심정으로 강서준을 바라봤다.

그는 폭풍의 중심에서 오롯이 여의주만을 내려다보고 있었다.

링링이 입술을 짓씹으며 말했다.

"낙관하긴 일러. 일이 잘 풀렸으면 저러고 있겠어?"

다행히 폭풍은 시간이 흐를수록 점차 가라앉았다. 여의주의 빛이 조금씩 희미해질 즈음엔 마력의 잔재만이 주변을 감돌고 있었다.

한편 최하나는 마력 폭풍을 대비하여 발을 바닥에 박아 두고 몸을 웅크리던 마그리트를 주시했다.

─여긴…….

분신도 언제 융합했는지, 하나가 되어 다시 눈을 뜬 마그리트의 눈동자엔 더는 흔들림이 없었다.

"……!"

시선을 마주친 최하나는 심장이 덜컥 내려앉았다.

마치 심연으로 빨아들이는 것만 같은 눈동자가 그녀의 온몸을 족쇄로 묶는 것 같았다.

실제로 그녀는 움직일 수 없었다.

─……어떻게 된 거지?

최하나는 그녀의 앞으로 다가오는 마그리트를 보고도 총구를 겨눌 수 없었다.

[심연의 드래곤 '마그리트(S)'를 마주했습니다.]
[스킬, '심연(S)'에 빠집니다.]

실로 아득한 기분이었다.

발밑에서부터 어둠이 몸을 적셔 왔고, 목 언저리까지 금세 물에 잠긴 듯 숨이 막혔다.

정신은 혼미해졌고, 그 순간 이 세상의 먼지만도 못한 존재라는 무력감에 사로잡혔다.

'젠장…… 움직여. 움직이라고!'

의지를 다잡아도 소용없는 짓이었다. 세 사람은 입으로 스며든 어둠과 코로 치미는 심연을 결코 막을 수 없었다.

심연은 곧 죽음으로 이어지고 있었다.

'이대로는……!'

그리 심연에 빠져 허우적댈 때.

"근성이 부족하군."

최하나는 기적처럼 나지막이 들려오는 목소리에 귀를 기울일 수 있었다. 아마 오직 그것에 붙들고 의지를 해야만 살 수 있었을 것이다.

"여기서 뭐 하냐?"

익숙한 목소리.

눈앞에 드리운 거대한 덩치는 한순간에 심연을 억지로 밀어냈다.

그리고 두 눈을 가리던 심연이 사라지자, 최하나를 비롯한 두 사람도 겨우 숨을 쉴 수 있었다.

링링이 지팡이를 붙들며 입을 열었다.

"……나도석?"

나도석은 세 사람의 전면에 서면서 마그리트의 심연을 고스란히 받아들이고 있었다.

"다들 운동 부족이야."

그러더니 마그리트를 향해 돌진을 감행했다. 그의 뒤편으로 거대한 해왕의 잔상이 뒤따랐다.

그는 순수한 무력으로 마그리트를 몰아붙이기 시작했다.

"최하나 님! 괜찮으세요?"

들려온 소리에 고개를 돌리니 다급한 얼굴로 그녀를 부축하는 진백호를 마주할 수 있었다.

그의 곁으로 파랑이나 켈, 여타 다른 플레이어들이 속속 도착하고 있었다.

마일리가 다급하게 힐을 걸어 주며 말했다.

"대체 이게 어떻게 된 일입니까?"

링링은 지친 얼굴로 어깨를 으쓱이며 말했다.

"몰라. 그보다 너흰 어떻게 여기에 온 거야? 퍼즐은 어쩌고."

"퍼즐이요?"

반문하는 그녀의 눈을 마주 보던 링링은 잠시 주변 경관을 살펴본 뒤에 한숨을 내뱉었다.

"케이가 성공하긴 한 모양이네. 던전이 완전히 해제된 걸 보면……."

제아무리 여의주에서 쏟아진 마력 폭풍이 거세다고 하더라도, 던전 자체에 위력을 가할 정도는 아니었다.

여긴 시스템에 의해 보호되는 곳.

설령 던전이 무너지더라도 자체 복구 기능으로 던전 자체가 해체되는 일은 거의 없다.

즉 퍼즐 던전을 통과하질 않고도 이곳에 도달할 수 있다면, 그때는 오직 이 퍼즐 던전이 완전히 공략됐을 때일 것이다.

링링이 미간을 구기며 말했다.

"그나저나 마그리트 녀석…… 완전히 각성해 버렸잖아."

"……최악이에요."

김훈까지 가세하여 치료에 전념하니, 최하나도 그나마 움직일 수 있을 정도로 회복되었다.

심연에 중독됐던 탓인지 아직 몸이 먹먹하고 감각은 돌아오지 않았지만, 그래도 움직여야 했다.

"심연의 드래곤이에요."

최하나의 말에 마그리트를 응시하던 마일리가 헛웃음을 지으며 말했다.

"심연의 드래곤? 용의 무덤 지하에 있던 그 음침한 놈?"

최하나는 고개를 주억거리며 총열을 정비했다. 회복을 마친 리트리하도 옆에 서며 시선을 교차했다.

링링도 지팡이를 들고 앞으로 나서자, 진백호가 당황스러운 목소리로 말했다.

"아, 아직 움직이시면……!"

"너도 따라와. 저놈은 반드시 여기서 죽여야 해."

"네?"

쿠구구구구궁!

엄청난 폭음과 함께 마그리트를 상대하는 나도석의 뒷모

습이 보였다.

심신합일이 극에 달했는지 심연을 정면으로 맞부딪치는 모습을 보고 있으면 전율이 일었다.

그나마 나도석이 있어 다행이다.

"전력을 다해야 해. 마지막이라고 생각해. 심연의 드래곤이 심연을 완성하면 정말 모든 게 끝이니까."

링링의 날 선 말투에 다들 영문을 몰라 하는 눈치였지만, 접전을 벌이는 나도석의 기세가 한풀 꺾이자 어쩔 수 없이 긴장의 끈을 조여야 했다.

또한 드림 사이드 1에서부터 천외천이던 플레이어들은 일제히 같은 생각을 떠올렸다.

'용족의 이단아…… 카이셀.'

S급 던전 '용의 무덤'의 또 다른 보스 몬스터. 말하자면 흑룡 카무쉬와 대척점에 선 존재.

같은 용인 주제에 용을 학살하던, 그래서 던전 '용의 무덤'을 완성했던 그 당사자가 바로 심연의 드래곤 카이셀이었다.

'문제는 인간의 편도 아니란 거야. 놈은 용조차 상대하기 어려운 괴물일 뿐이지.'

물론 눈앞의 마그리트는 당시의 그 카이셀과는 다른 개체였다.

갓 탄생한 새로운 용.

어쩌면 심연의 드래곤으로 성장하는 루트를 발견한, 돌연

변이 해츨링의 결말이라 할 수 있었다.

쿠구구구구구궁!

마그리트는 여태 웅크리고 있던 거대한 마력을 한꺼번에 발출하기 시작했다.

점차 녀석의 덩치가 커지고 뒤쪽으로 길게 꼬리가 생성됐다.

마치 거대한 도마뱀과도 같은 형상으로 변하더니, 이내 날카로운 눈빛으로 주변을 심연으로 물들였다.

최하나가 다급하게 외쳤다.

"지금입니다! 숨 고르기가 완전히 끝나기 전에 쓰러트려야 해요!"

크콰카카카각!

마일리의 축복을 받아 참전한 리트리하의 대검이 놈의 몸통을 크게 베어 냈다.

"공허의 창!"

링링의 마법이 발현되면서 묵색의 창이 마그리트를 향해 연신 떨어졌다.

타이밍을 놓치지 않고 나도석이 주먹을 휘두르고, 저격으로 마탄을 지속적으로 적중시켰다.

하지만 놈은 변화를 멈추지 않았다.

ㅡ으아아아아!

[심연의 드래곤 '마그리트(S)'가 스킬, '현신(S)'을 발동합니다.]

이윽고 거대한 형상을 갖춘 마그리트는 이쪽을 내려다보며 말했다.

-가증스러운 인간들이 많이도 모여 있구나.

날개를 활짝 펴고 허공으로 날아오른 마그리트의 입가엔 대단위로 끌어올린 심연이 가득했다.

닿는 것들은 모조리 파멸시킨다는 심연의 브레스의 전조 현상이었다.

"모두 이쪽으로 모여!"

리트리하가 방패를 전면에 내세우고, 링링이 앱솔루트 실드를 덧입혔다. 마일리의 신성력이 주변을 가득 뒤덮었고 지상수의 갖가지 아이템이 도배하듯 하늘을 날았다.

그럼에도 심연의 브레스는 위협적으로 뭉쳤고, S급 몬스터가 보여 주는 거대한 위용에 다들 절망을 삼켜야만 했다.

'이건…… 막을 수 없다.'

동시에 심장을 옥죄어 오는 심연이 그들의 몸을 휘감았다.

몸이 다시 움직이질 않았다.

공간이동조차 생각할 수 없을 정도로 그들의 정신도 모조리 심연에 삼켜지고 있었다.

오직 심신합일의 극에 다다른 나도석만이 이를 악물고 주먹을 불끈 쥐어 심상을 단단히 세울 뿐이다.

"근성으로 버텨! 내가 어떻게든!"

그때였다.

투콰아아앙!

엄청난 소음과 함께 장막을 밀어내는 금빛 섬광이 하늘로 솟구치고 있었다.

최하나는 어둠을 가르는 섬광을 눈여겨보며 저도 모르게 말을 흘리고야 말았다.

"……강서준 씨?"

마치 혜성처럼, 하늘로 솟구치는 유성은. 강서준의 움직임에 따라 하얀 꼬리를 만들고 있었다.

[플레이어 '강서준'이 스킬, '뇌신(L)'을 발동합니다.]

새하얀 전격이 뒤를 따르고 그 움직임은 마치 번개가 치듯 엄청난 속도였다.

실로 강서준은 형용할 수 없는 전능감에 몸을 떨었다. 정말 무엇이든 할 수 있을 것만 같았다.

"강서준 씨……?"

아래쪽에서 최하나의 음성도 또렷하게 들려왔다. '뇌신'의 상태라 그런지 먼 거리에 있어도 바로 옆에 있는 것처럼 감각도 예민해져 있었다.

-네놈은 설마…….

한편 빛처럼 빠르게 쇄도하는 그를 똑바로 응시하는 마그리트의 시선이 있었다.

새카만 어둠을 옷처럼 휘감은 녀석의 형태는 꽤나 익숙했다. 그 안에서 용솟음치는 소름 끼치는 기운에 한숨이 절로 나왔다.

'심연의 드래곤'이 탄생하는 배경이 동족을 먹어, 그 힘을 흡수하는 것이었을 줄이야.

하기야 그런 금기를 어겼으니 용족들이 한마음 한뜻으로 심연의 드래곤을 적대했을 것이다.

'그나저나 다루느라 혼났네. 하마터면 내가 이 힘에 먹힐 뻔했어.'

강서준은 애써 한숨을 밀어 두고 방향을 바꿔 마그리트가 쏘아 내는 심연의 브레스를 피했다.

뇌신은 다루기 까다로운 힘이었지만, 한줄기 빛이 되어 용아병의 날개 없이도 하늘을 자유로이 날 수 있는 장점이 있었다.

"……일단."

투콰아아앙!

강서준은 그대로 마그리트에게 접근했다. 벼락처럼 다다른 그는 녀석의 눈을 바라보며 말했다.

"너부터 처리해야겠지."

강서준의 접근이 불쾌한지 마그리트의 주변으로 심연의

불꽃이 도깨비불처럼 타올랐다.

회색빛의 불꽃이 거대한 화마가 되어 그를 노리고 날아왔지만, 이미 그 자리를 피한 지 오래였다.

"끝을 보자. 마그리트."

─……역시 케이로구나!

마그리트는 완전히 의식을 되찾은 모양인지 행동거지가 전보다 훨씬 정교했다.

큰 힘을 지닌 존재가 의식을 차린 것만큼이나 무서운 건 없다.

이제 마그리트는 그 무식한 힘을 막무가내로 쓰는 게 아니라, 기술을 섞고 또한 필요한 만큼만 사용할 줄 알았다.

단순히 그것만으로도 마그리트의 강함은 이전보다 수 배는 더 강해졌다고 봐야 했다.

"너나 나나 거대한 풍선 같네."

투콰카카카캉!

강서준은 빠르게 쏘아지는 불꽃을 한 뼘 차이로 피해 내며 마그리트의 머리 위에 도달했다.

녀석도 빠르게 반응하며 몸을 비틀었지만 그보다 강서준의 공격이 먼저였다.

[스킬, '태산 가르기(S+)'를 발동합니다.]

뇌신의 상태로 휘두른 일격은 '맹수의 울음'과 '광속'을 사용했을 때보다 훨씬 더 위력적인 소음을 냈다.

실제로 공격력도 더했다.

뇌신은 그 자체로도 '광속'을 내는 기술이었고, 마력을 진동시키다 못해 증폭시키는 효력이 있었으니까.

괜히 그가 전능감을 느끼는 게 아니다.

ー크아아악!

다만 머리를 비틀어 안타깝게 노렸던 미간보다 살짝 스쳤고, 녀석이 그대로 몸을 빙글 돌려 휘두른 꼬리는 강서준의 몸을 가격했다.

거짓말처럼 마그리트는 강서준의 속도를 거의 따라잡고 있었다.

쿠우우우웅!

서로 한 대씩 주고받은 상태에서 그들은 허공에 멈춰 서로 시선을 교차했다.

ー케이…… 네놈이 또 나를 방해하는구나!

이번 선공은 마그리트였다.

날개를 접으며 소닉붐까지 일으켜 접근한 놈은, 창졸간에 심연의 브레스를 쏘아 냈다.

강서준이 도주할 곳엔 이미 다양한 마법진이 생성되어, 퇴로마저 막고 있었다.

마법의 종주인 '용'을 상대로 싸우는 일은 이래서 피곤하다.

전투 패턴도 굉장히 다양하고, 어지간한 피지컬로는 쉽게 싸우는 것조차 허용되지 않는다.

강서준은 혀를 차면서 뇌신을 유지하던 전력을 구체로 응축시켜, 점차 증폭시키기로 했다.

[스킬, '플라즈마(S)'를 발동합니다.]

뇌신의 부록과도 같은 스킬을 사용하니, 다가오는 모든 공격을 무효화시킬 수 있었다.

문제는 그만큼 소모가 큰 기술이라 전능감에 뒤따른 큰 탈력감이 그 어깨를 짓눌렀다.

방금 스킬로 마력의 반절이 날아갔다. 마그리트도 강서준의 상태를 잘 알고 있는지 이죽이는 목소리를 냈다.

ㅡ상태가 썩 좋아 보이진 않는군.

강서준은 어깨를 으쓱이며 답했다.

"피차일반이지 뭐."

접근한 놈을 향해 그랑의 어금니 단검을 휘둘렀다. 용의 무기인 만큼 놈도 가볍게 무시할 수는 없는지 발톱으로 막아 냈다.

큰 충격이 일면서, 서로의 몸은 뒤로 튕겨 나가고야 말았다.

강서준은 종전의 공격으로도 마력이 한 웅큼 빠져나갔다는 걸 깨달았다.

역시 아직 '뇌신'을 사용하기엔 그 시점이 너무 이르다.

'이 스킬은 사실상 최종 무기니까.'

뇌신(雷身).

이른바 번개를 삼킨 몸.

드림 사이드 1에서 '케이'의 필살기나 다름없는 스킬이었고, 당시에도 막대한 마력 소모나 신체에 걸리는 과부하로 인해 가능한 사용을 자제했던 기술이다.

제한도 꽤 다양할 정도로 강력한 스킬이라, 정말 중요한 순간에만 썼던 기억이 난다.

이 스킬을 섭종 보상으로 택하질 않은 건, 여러 가지 의미로 다행이라는 생각도 들었다.

'가져왔더라도 바로 사용할 수조차 어려웠을 테니까.'

전성기의 케이 정도는 되어야 쓰고도 괜찮을 스킬이다.

지금의 그는 뇌신을 사용한 것만으로도 목숨을 내던지고 있다고 봐야 했다.

아마 오래 버티진 못한다.

'이대로면 트롤의 심장이 먼저 타 버리겠어.'

초재생조차 파괴되는 신체의 속도를 따라잡질 못했다.

'정말 이게 히든 포인트 상점에 있었던 건 불행인지 다행인지…… 참.'

터무니없지만 강서준이 이 스킬을 되찾게 된 경위는 바로 '히든 포인트 상점'의 마지막 페이지였다.

플레이어 케이의 장.

그곳엔 지난날 케이가 쌓은 수많은 스킬 목록이 있었고, 그 중 포인트가 허용하는 범위 내의 스킬도 가져올 수 있었다.

그중 뇌신은 필요 포인트만 30만.

그즈음에 켈이 '풍룡의 해츨링'마저 사냥한 포인트가 합산되어, 겨우 전 재산을 털어 구입할 수 있었다.

츠츠츠츠츳!

강서준은 상념을 털어 내며 마그리트의 공격을 피했다. 신체를 번개처럼 만든 덕인지 생각의 속도는 집중을 활용했을 때처럼 주변을 느리게 볼 정도였다.

하지만 마그리트의 시선을 바라본 순간, 강서준은 무거운 힘이 온몸을 쥐어짜는 듯한 느낌을 받아야 했다.

-가증스러운 케이…… 뼈째로 씹어 먹어 주마!

동시에 강서준의 머리맡으로는 한 메시지가 떠올랐다.

[스킬, '심연(S)'에 적중당했습니다.]

일전에 블랙아웃에 걸렸을 때처럼 감각이 멀어졌다. 이를 악물고 버텨 내도 그를 죽이겠다는 마그리트의 일념은 생각보다 강했다.

그리고 엄청나게 무거웠다.

-죽어라, 죽어라, 죽어라……!

놈의 말 속에서 감정이 더해질수록 강서준의 눈동자는 어둠으로 물들어 갔다.

아득한 심연이 그의 온몸을 옥죄어 오자, 서서히 통나무처럼 굳어 가는 몸이 느껴졌다.

뇌신으로 겨우 버티어 섰지만 오래 버틸 수 있을 것 같진 않았다.

스킬의 성능이 아무리 좋아도 강서준의 몸 상태는 여전히 최악을 달리기 때문이다.

'마력이 거의 다 소진되었어.'

제아무리 기능이 좋은 기계라 해도 전력이 없으면 움직일 수 없는 법이니까.

하지만 그때였다.

-죽어라, 죽…… 어?

마그리트의 음성이 끊기면서 눈앞을 가리던 장막이 일시에 걷혀졌다. 강서준은 그 기회를 놓치지 않고 뇌신을 전력으로 풀어내어 심연을 밀어냈다.

"후우……."

길게 내뱉은 그는 머리를 부여잡고 괴로워하는 마그리트를 볼 수 있었다.

놈은 실로 당황하고 있었다.

―대체…… 왜! 어떻게!

놈의 머리가 금방이라도 터질 듯이 부풀었고, 전신을 휘감은 심연이 되레 본인의 몸을 삼키는 꼴이었다.

그 시간이 길어질수록 마그리트는 처절한 비명을 질렀고, 전반적인 힘의 균형이 무너지고 있었다.

강서준은 씨익 웃으며 말했다.

"말했잖아. 거대한 풍선 같다고."

마그리트의 몸은 실로 단순하다.

다른 해츨링을 삼켜 억지로 '심연의 드래곤'으로의 진화 과정에 들어선 상태.

거기에 본의 아니게 여의주의 마력마저 흡수하여, 강제로 더더욱 성장한 상황이었다.

문제는 힘의 증폭만은 그에게 축복이 될 수 없다는 것이다.

'브레이크가 없는 엔진은 고장 나는 게 당연해.'

놈은 급격하게 성장하는 대신, 그 제어력을 잃었다.

즉 놈의 몸은 무리를 하면 할수록 스스로도 감당하지 못할 정도의 힘을 발출하게 된다는 것이다.

'힘의 폭주.'

이게 강서준이 노린 점이었다.

뇌력은 시전자의 신체마저 부술 정도로 아주 파괴적인 힘.

그리고 여태 휘두른 모든 공격에는, 놈의 몸을 질주할 방대한 뇌력이 담겨 있었다.

그렇게 놈의 몸에 누적시킨 뇌력은, 억지로 담겨 있던 녀석의 방대한 마력을 자극한다.

결국 놈은 걷잡을 수 없는 마력의 폭주를 막질 못하여, 스스로의 심연에 삼켜지고 말았다.

그리하여 완성된 미래가 현재였다.

-이럴 수는 없어…… 이럴 수는!

현실을 부정하는 마그리트를 향해 강서준은 그랑의 어금니 단검을 꽉 쥐었다.

자세를 잡고, 갖고 있는 모든 마력을 검 끝에 집중시켰다.

오직 베어야 할 부분이 강서준의 눈으로 확대되듯 보이고 있었다.

"이제 그만하고 가라."

하얀 전격을 꼬리처럼 흩날리며, 금빛의 눈동자를 번뜩인 강서준이 말 그대로 섬광처럼 마그리트의 목을 베어 냈다.

시간이 멈춘 것처럼 아주 짧은 찰나의 순간이었다.

[장비 '그랑의 어금니 단검'의 전용 스킬, '그랑의 불꽃'을 발동합니다.]

스거어어어억!
화르르르륵!

단 일격에 녀석의 목이 양단되고 놈의 영혼이 붕괴되는 것까지 보였다.

－끄아아아악!

금기를 어긴 엘리트 몬스터, 심연의 드래곤.

그 거창한 타이틀까지 달고 각성한 몬스터치고는 대단히 허망한 엔딩이라 할 수 있을 것이다.

놈은 단말마의 비명조차 채 지르지 못하고 그대로 목숨이 끊어지고 말았으니까.

강서준은 짧게 혀를 찼다.

"새삼스러울 것도 없지."

마그리트는 본래 허접한 해츨링에 불과했고, 드림 사이드 1에서도 그다지 어렵지 않게 잡은 몬스터다.

놈은 이런 최후가 훨씬 어울린다.

그보다…….

"케이!"

아래에서 모든 전투를 지켜보던 일행을 확인했다. 링링은 다급한 얼굴로 머리를 잃고 추락하는 마그리트의 몸을 가리켰다.

"저거 곧……!"

링링의 말이 더 이어질 것도 없이, 강서준은 그녀가 하려는 말이 무언지 알았다.

마그리트의 의식이 완전히 끊어지고, 심대한 타격을 입은 저 몸은 사실상 폭탄을 앞둔 핵탄두니까.

폭주하는 마력은 이제 터지는 일만 남았다.

강서준은 고개를 주억거리며 남은 힘을 짜내어 추락하는 마그리트의 신체에 도달했다.

'잘되어야 할 텐데.'

마그리트를 함부로 죽이면 이런 일이 벌어지게 될 거라고 그라고 몰랐을까.

강서준은 두 눈을 번뜩이며 추락하는 마그리트의 몸 아래로 하나의 포탈을 생성시켰다.

"차원 서고로 가는 길을 열어!"

그는 작게 생성된 문을 향해 다급하게 외쳤다.

"크게!"

순식간에 팽창한 포탈은 마그리트의 신체를 삼키고도 남을 크기였다. 또한 강서준의 의지를 알아차렸는지 차원 서고 근처에서 스톤 골렘이 높이 점프하여 마그리트의 몸통을 받아 들었다.

─그어어어……!

그대로 스톤 골렘은 마그리트의 몸을 엮고, 이내 차원 서고 안으로의 육탄 돌진을 감행했다.

강서준은 곧바로 그 포탈을 닫았다.

[차원 서고 내부에서 거대한 마력 폭발이 생성되었습니다.]

[1층이 완전히 파괴되었습니다.]

[지하가 완전히 파괴되었습니다.]

[2층의 일부가 파괴되었습니다.]

눈앞으로 메시지가 폭발적으로 나타났다. 한순간에 사라진 마그리트를 보며 사람들은 아무 말도 못 하고 가만히 서 있었다.

상황에 대한 이해가 늦게 따라온 것이다.

그리고 이내 케이의 활약을 상기했는지 저마다 환호성을 내지르기 시작했다.

"오오오오오…… 케이이이이이이!"

누군가의 탄성을 뒤로하고 강서준은 지친 얼굴로 그 자리에 털썩 주저앉았다.

뇌신이 모조리 빠져나간 뒤는 서 있을 힘조차 없었다.

[차원 서고가 심각한 붕괴 위기에 빠졌습니다.]

[시스템에 의해, '차원 서고'의 이용이 제한됩니다.]

[시스템 복구 중입니다.]

[371시간 남았습니다.]

"……일단락된 건가."

선택해! 강서준!

차원 서고.

강서준은 포탈을 넘어 폭삭 주저앉은 구조물을 밀어낼 수 있었다.

아직 먼지가 가득했고 건물의 기둥조차 뿌리가 뽑혀, 꽤 처참한 현장.

1층에 있던 상자를 살핀 강서준은 낮게 한숨을 내뱉었다.

"다 망가졌네."

그 안에 들은 것들이 대개 잡템이나 소모품이라 큰 손해는 없었지만, 역시 아쉽긴 매한가지였다.

강서준은 1층의 서고를 쭉 둘러봤다. 책장이나 책 등이 제멋대로 찢기고 부서져 있었다.

[시스템 복원 중입니다.]

그나마 이곳은 시스템이 관여하는 곳이라 그런지 자동으로 복구된다는 게 다행이었다.

찢어진 책들이 저절로 원래의 형태로 돌아가는 장면은 마치 시간을 거꾸로 되돌리는 것처럼 신기하기만 했다.

강서준은 지하로 내려가는 계단과 그 아래까지 폭삭 붕괴된 것도 확인할 수 있었다.

[차원 서고의 복원까지 367시간 남았습니다.]

이곳도 1층의 서고와 마찬가지로 복원 중이었는데, 시간은 대략 날짜로 치면 보름 정도 남아 있었다.

강서준은 쓴 입맛을 다셨다.

"그나마 이거로 다행인가?"

심연의 드래곤으로 성장해 버린 마그리트를 처치하면서, 필연적으로 놈의 폭주를 가둘 공간이 필요했다.

멋대로 증폭한 마력은 폭발을 앞둔 핵탄두와 같았고, 만약 그대로 폭발했다면 생존자는 없었을 테니까.

일단 진백호부터 무사하지 못했을 것이다.

즉, 지구는 섭종 단계로 넘어가 그대로 0115 채널의 공략 실패로 이어졌겠지.

"그래. 좋게 생각하자."

강서준은 한숨을 내뱉고 이번엔 2층으로 시선을 돌렸다. 계단의 일부가 망가졌지만 그래도 2층은 상태가 좀 나은 편이었다.

폭발의 여파가 없는 건 아니었지만 2층은 그나마 멀쩡한 형태를 유지했다.

상자도 두 개 정도밖에 부서지질 않았으며, 서고 쪽도 대다수 상태가 괜찮았다.

특히 그의 스킬이 보관되어 동기화된 책장이 멀쩡하다는 점이 다행이었다.

'하기야 실제로 기재된 건 만물서 내부고, 그저 동기화해 놓았을 뿐이니까.'

설령 차원 서고가 손쓸 수 없을 정도로 망가졌더라도 이전처럼 스킬을 쓰지 못하는 경우는 없을 것이다.

[차원 서고의 손상으로 인하여, 스킬의 등급이 일시적으로 하락합니다.]

다만 +로 강화됐던 부분들이 하나같이 원상태로 돌아갔다는 게 아쉬울 따름이다.

강서준은 서고 쪽으로 다가가 책 한 권도 꺼내어 봤다.

[차원 서고의 복원까지 367시간 남았습니다.]

아쉽게도 책 열람에 대해서도 그 기능은 막혀 있었다. 다른 서고의 복원에 모든 힘을 쓰고 있기 때문인지도 모르겠다.

"이것도 좀 아쉽네."

하지만 강서준은 이내 미련을 털어 냈다.

당장 정보가 필요한 건 사실이었지만, 그렇다고 그에게 정보를 구할 길이 아예 없는 건 아니었으니까.

지구는 드림 사이드 1과 다르게, 인터넷이라는 정보의 바다가 있었다.

"뭐든 보름 안에 일이 터지지 않길 바라야지, 뭐."

강서준은 혀를 차며 차원 서고를 벗어났다.

이벤트의 메인이라 할 만한 일들이 모두 끝난 뒤였지만, 아직 마을엔 사람들이 가득했다.

산사태를 피해 배까지 도망쳤던 사람들, 몰려오는 몬스터를 상대로 필사적인 전투를 벌인 이들.

그들은 잔뜩 무너진 마을의 한쪽에서 자리를 잡아 다시 활발하게 움직이고 있었다.

"잔여 포인트 팝니다! 10포인트에 1만 골드! 100포인트 구매 시 9만 골드에 모십니다!"

"포인트 사요! 양도받아요! 지구로 돌아가면 쩔로 보답합니다!"

"길드원 구합니다~ 아리수가 여러분의 든든한 기둥이 되어 드리겠습니다~!"

아직 이벤트의 여운은 가시질 않았다.

강서준이 여의주를 통해 들어갔던 '히든 포인트 상점'까지는 아니더라도 아직 마을의 포인트 상점은 활성화되어 있었으니까.

게다가 산사태를 비롯하여 몬스터 웨이브를 막아 낸 것 또한 정산되어, 대량의 포인트를 취득한 것도 그 이유였다.

'이렇게 지구인이 한자리에 모이는 것도 흔치 않은 일이야.'

강서준은 마을 한쪽에서 한창 회의를 벌이는 각국의 대표들도 볼 수 있었다.

포탈 던전이 생성되질 못했던 몇몇 국가의 대표들은 이번 기회에 유니온에 가입했다.

명실상부 세계 정부인 유니온은 새로운 플레이어에게 텃세를 부리지 않고, 그들을 환영하며 반기는 추세였다.

"어? 최하나다!"

"뭐야, 뭐야! 여기서 노래 부르는 거야?"

"미친, 야! 비켜 봐! 안 보이잖아!"

마을의 한쪽에 급조된 무대도 있었다. 최하나는 한껏 치장하고 나와 마이크를 쥐었다. 그녀의 목소리는 마력이라도 담긴 것처럼 금세 마을 전체로 퍼지고 있었다.

소란스럽던 마을의 분위기가 차츰 가라앉고, 하나둘 그 자리에 서서 최하나의 목소리에 귀를 기울였다.

"부산스럽게 뭘 또 준비하나 했더니만……."

유니온에서 자체적으로 만든 이벤트였다. 최하나의 목소리
는 부상자로 가득 들어찬 천막 안으로도 천천히 스며들었다.

땀을 뻘뻘 흘리며 치료를 감행하던 연희연이 겨우 허리를
펴고 고개를 돌렸다.

환자들도, 조마조마한 얼굴로 치료 과정을 지켜보던 보호
자들도…….

한 차례 커다란 시련을 넘어선 사람들은 말없이 최하나의
노래를 듣고 있었다.

"형? 여기서 뭐 해요."

강서준은 다가오는 지상수를 마주했다. 그는 한참을 찾았
다면서 툴툴대는 말투였다.

"형은 뭐 더 안 사요? 포인트 안 필요해요? 특별히 세일
상품도 준비해 놨는데……."

"……됐어."

말도 많고 탈도 많던 몬스터 파크는 그렇게 감미로운 엔딩
을 맞이하고 있었다.

이틀 후.

몬스터 파크를 벗어난 강서준은 오랜만에 광화문에 위치한 호른 제국을 앞에 두고 있었다.

한편 포탈을 앞두고 약간 긴장한 얼굴을 한 진백호는 강서준을 향해 말했다.

"그럼 다녀오겠습니다."

"……몸조심하고요."

"걱정하지 않으셔도 돼요."

몬스터 파크가 끝나고 사람들은 저마다 바쁘게 할 일을 하러 떠나갔다.

새해도 됐거니와, 일주일 만에 성장한 자신의 능력을 더 갈고닦고 싶은 사람들이 워낙 많았던 것이다.

그중 대표적인 인물이 '김훈'과, 눈앞에서 이별을 고하는 '진백호'였다.

'김훈이야 걱정은 안 되지만.'

공간지각 능력으로 사전에 몬스터의 흔적이나 던전의 구조마저 파악하는 능력자. 유사시엔 공간이동으로 먼 거리를 도망칠 수 있는 그였다.

심지어 회복까지 스스로 해낸다.

어느덧 천외천에 근접한 김훈이라면 혼자서도 A급 던전쯤이야 공략할 수 있는지도 모른다.

문제는 말했듯 진백호였다.

"정말 괜찮겠어요?"

"네. 언젠가 다녀와야 할 곳이잖아요."

"그야 그렇겠지만……."

무슨 바람이 불었는지, 진백호는 몬스터 파크를 벗어나자마자 홀로 '천안'에 다녀오겠다고 선언했다.

그의 아버지인 진혁수가 기겁하며 말렸지만, 이미 결정한 그의 고집을 꺾기란 무리였다.

강서준도 말릴 명분이 없었다.

진백호는 천안, 그러니까 A급 던전이 된 '기계성'을 공략해야 할 이유가 충분했으니까.

물의 정령왕의 본체를 만나고 그녀를 아르곤에서 빼낸다면 지금보다 훨씬 수월하게 힘을 사용할 수도 있을 것이다.

"정말 괜찮아요. 저도 많이 반성하고 수련했으니까."

거기까지 말하는데 강서준이 어찌 말리겠는가.

진백호는 어린아이가 아니다.

'뭐, 위기 감지도 발동하지 않으니…….'

진백호와 관련된 문제가 만약 잘못될 위험이 있었더라면, 진즉에 위기 감지가 발동했을 것이다.

아마 현재의 진백호라면 기계성 정도야 가뿐히 공략하고도 돌아올 수 있는 모양이다.

"만에 하나라도 문제가 생기면 바로 연락해요. 언제든 출동할 수 있도록 준비해 뒀으니."

"네. 저도 잘 알아요."

진백호는 아크뿐만 아니라 유니온에서 반드시 지켜야만 하는 1순위 플레이어.

그의 위기를 사전에 알아차리고 바로 뛰쳐나갈 특공대도 이미 조직되어 있었다.

"그럼 다녀오겠습니다."

진백호가 포탈을 타고 천안으로 넘어가자, 덩그러니 남은 강서준은 천천히 다른 방향으로 발길을 돌렸다.

광화문에 있는 또 다른 던전.

[플레이어, '강서준'의 레벨에 따라 던전의 수준이 조정됩니다.]
[현재 A급 던전 '호른 제국'의 최대 레벨은 '400'입니다.]

진입하자마자 그의 레벨에 따라, 호른 제국의 최대 레벨이 조정되고 말았다.

아쉽게도 S급으로의 성장은 없었다. 400레벨의 수준을 넘기더라도 바로 등급 업이 되진 않는 것이다.

'다른 조건이 더 있나 보네.'

어쩌면 S급 던전 자체가 워낙 그 수준이 높아 필요한 허들이 더 높을 수도 있었다.

지난번에 A급 던전으로의 등급 업을 할 즈음엔 대략 350은 넘긴 시점이었다.

만약 그의 수준이 450을 넘겼더라면…… 던전의 수준 또한 올라갔을지도 모른다.

이조차 어디까지나 추측이다.

'아쉽지만 어쩔 수 없지.'

그래도 호른 제국의 수준이 최고 400까지 성장할 수 있다는 건 상당한 이득이다.

호른 제국은 완연한 그의 힘.

앞으로 어떤 일이 벌어지더라도 그가 던전의 주인인 한, 이곳은 그의 힘이었다.

이곳 어딘가에 이를 바득바득 갈고 성장을 거듭하고 있을 '리자드킹'도 있겠지만.

신경 쓸 필요는 없었다.

강서준은 늘 그보다 강할 것이고, 그에겐 인장이 있으니 놈을 한 차례 조종할 권한도 있다.

'어쨌든 잘됐어.'

레벨 업 기념으로 도깨비 특급 열차부터 호른 제국까지 들른 그였다.

그 덕에 다들 뭘 더 해 줄 수 없을 정도로 한층 성장한 모습이었다.

강서준은 쌓인 숙제를 처리한 것처럼 기분 좋은 탄성과 함께 호른 제국의 한 카페로 들어섰다.

링링이 시원한 아메리카노에 담긴 얼음을 으깨 먹고 있었다.

"웬일로 여기서 보재."

"어, 왔네."

"근데 꼴이 왜 그래?"

링링은 밤이라도 새웠는지 눈 아래에 길게 다크서클이 내려앉아 있었다.

피로는 쉬질 않으면 회복되질 않는다. 공허의 마법사인 그녀도 어찌할 수 없는 문제였다.

간간히 지상수의 특제 자양강장제 같은 걸 먹고 버티는 눈치였다만…… 그조차 한계가 있다.

링링은 길게 하품을 뱉었다.

"밤새 사냥 좀 했어."

"……아, 그러셔."

그러고 보면 요즘 링링이 사무실에 앉은 경우가 거의 없었다.

던전에 거의 살다시피 하는 게 꽤 작정하고 레벨 업에 집중하는 모양이었다.

아크의 대소사는 박명석이나 나한석을 중심으로 처리되도록 인수인계를 마쳤으니, 그녀를 방해하는 건 없다고 봐야 했다.

'하기야 슬슬 준비해야지.'

관리자 샛별이 '몬스터 파크'로 플레이어를 초대한 이유가 곧 드러날 테니까.

그녀도 던전을 자주 드나들며 전투에 있어 날 선 감각을 늘 유지하고 있어야 한다.

링링은 종이를 건네며 말했다.

"알아보던 것들에 대한 자료가 나왔어."

"오."

"예상대로 다음 콘텐츠는 'S급 던전'이지 싶어. 곳곳의 A급 던전이 조짐을 보이고 있어."

강서준은 고개를 주억거리며 그녀의 말에 동감했다.

몬스터 파크가 온전히 끝났고, 이젠 용이 제멋대로 돌아다녀도 이상하지 않을 세계가 됐다.

S급 던전이 나올 환경은 구축된 셈이다. 강서준은 눈을 빛내며 입을 열었다.

"어느 던전이 먼저 던전 브레이크를 일으키는지가 관건이겠어."

"응. 일단 사태 파악을 위해 각국의 A급 던전으로 플레이어들을 파견하기로 했어."

링링은 찻잔을 내려놓으며 말했다.

"그런 의미에서 일본 여행은 어때?"

"뜬금없이 무슨 소리야?"

"말 그대로야. 우리도 지원 요청이 들어왔거든."

강서준은 리카온 제국에서 이쪽으로 넘어왔을 적에, 바로 마주한 던전을 상기했다.

"후쿠오카?"

분명 그곳엔 웨어울프와 관련된 A급 던전이 있었다.

아마 드림 사이드 1에서도 겪어 본 적이 있는 형태의 던전일 것 같은데…….

"후쿠…… 오카?"

돌연 옆에서 낯선 목소리가 들려왔다. 고개를 돌리니 한 노인이 대뜸 큰 목소리를 외치고 있었다.

"후쿠오카! 안 보여! 우르르르릉! 콰가가강! 후쿠오카! 케이!"

"당신은……?"

"위험! 위험! 위험해! 강서준! 선택! 선택해! 강서준!"

"위험! 위험! 강서준!"

고집처럼 깊게 패인 주름. 어디서 묻혔는지 모를 얼룩으로 엉망인 허름한 옷차림.

강서준은 몇 번이나 같은 말을 반복하는 한 노인을 보면서 나지막이 침음을 삼켰다.

그의 기억이 틀리지 않다면, 이 사람은 분명 그가 아는 사람이었다.

'카린의 스승님.'

일전에 달이 떨어진다는 미래를 더욱 확실하게 알아보기 위해, 카린의 소개를 받아 직접 찾아갔던 적이 있질 않던가.

그때도 그는 정상적인 행동을 하질 못했고, 그저 같은 말만 줄곧 반복했었다.

'근데 그 말이 전부 미래를 언급하는 것들이었어.'

미래를 보는 무녀인 카린의 스승답게도, 이 노인은 미래를 보는 스킬을 가지고 있다.

실제로 리자드맨의 우물을 공략할 당시, 이자는 직접 그 장소에 가질 않고서도 공략에 필요한 정보를 미리 알고 있었다.

"잠깐…… 잠깐만."

불현듯 강서준의 미간이 좁혀졌다. 종전부터 노인이 하는 말이 이해가 되질 않았기 때문이다.

"위험! 위험! 강서준! 선택해!"

그의 기억이 잘못된 게 아니라면, 노인이 계속 언급하는 내용은 일전에도 들은 적이 있던 것이다.

그때도 노인은 강서준에게 선택을 하라는 미래를 말해 줬다.

「"헤헤헤…… 터진다! 떨어진다! 쿠아아아앙! 쿠앙!"」

「"위험! 위험! 위험! 강서준! 선택!"」

'……이게 달 던전을 예지한 게 아니었던 거야?'

노인이 말하는 건 오직 미래에 관련된 것이다. 즉 지금 노인이 하는 말은 아직 벌어지지 않았다는 걸 말한다.

'선택하라고? 대체 뭐를…….'

이젠 아예 강서준의 앞에 있는 테이블에 껑충 뛰어오르더니, 노인은 큰 목소리로 외쳤다.

그 형태는 마치 포효하는 늑대였다.

"아우우우우! 후쿠오카! 아우우!"

"……"

"아우우우!"

그리고 갑자기 서슬 퍼런 시선으로 강서준 쪽을 바라보더니 성대를 긁는 듯한 음성으로 말했다.

"이대로 간다면 너도, 지구도, 그저 시스템에 농락당할 뿐이다. 너도 어느 정도 예상하고 있지 않느냐."

"네?"

"아우우우우!"

잠시지만 소름이 끼쳤던 강서준은 노인의 얼굴을 자세히 들여다봤다. 하지만 노인이 다시 성대를 긁는 소리를 내는 경우는 없었다.

그저 늑대처럼 울어 대다 몇 번이고 후쿠오카를 언급할 따름이었다.

"위험! 위험! 강서주우운!"

덤으로 일전에도 했던 말을 다시 반복했다. 노인이 일으키는 소란이 점차 커져 사람들의 이목이 집중되고 있었다.

"어르신! 그새 여기에…… 허억! 정말 죄송합니다! 죄송합니다!"

다급하게 한 여자가 다가와 노인의 옷자락을 끌어당겼다.

노인의 간호인일까? 그녀는 강서준을 향해 연신 사과를 하고는, 노인을 다그치듯 말했다.

"자리를 비웠다고 그새 또 빠져나가요? 내가 어르신 때문에 못 살아요, 정말!"

강서준은 쓰게 웃으며 말했다.

"저는 괜찮습니다. 그보다 이분과 대화를 할 수 있겠습니까?"

"……대화요?"

"네. 더 듣고 싶은 얘기가 있어요."

하지만 아쉽게도 강서준이 노인과 다시 말을 섞는 일은 생기지 않았다.

"……어르신? 또 잠든 거야? 매번 이렇게 제멋대로 굴다 잠들면!"

여자는 황당하다는 듯 중얼대다 강서준과 시선을 마주쳤다. 고개를 푹 숙이더니 말했다.

"죄송해요. 어르신이 기면증이 있거든요. 수시로 잠들어요."

"……그렇군요."

"혹시 어르신이 깨면 따로 연락을 드릴까요?"

강서준은 쓰게 웃으며 고개를 가로저었다.

"아뇨, 괜찮습니다."

대화를 해 본다면 좋겠지만 사실 큰 정보를 얻을 거라는 기대는 할 수 없었다.

그는 그저 자신이 본 미래는 맹목적으로 입에 담을 뿐이다.

다만 그가 본 미래가 생각보다 훨씬 먼 미래라는 게 약간 신경이 쓰일 뿐이다.

'게다가 시스템이라고 했어.'

한편 사죄를 구하던 여자는 노인을 데리고 다시 카페를 벗어났다. 강서준은 그 뒷모습을 보다 다시 테이블에 앉아 찻잔을 기울였다.

강서준의 눈빛은 잔잔히 침잠했다.

단 하나, 노인이 힌트를 준 게 있다.

"후쿠오카라……."

아주 불길한 예감이 들었다.

쇠뿔도 단김에 빼라고.

강서준은 준비가 끝나는 대로 후쿠오카로 넘어가기로 결정했다.

노인의 말이 께름칙하기도 했거니와, 어차피 S급 던전의 징후를 확인하기 위한 의뢰도 들어왔으니 망설일 건 없었다.

링링은 차분하게 설명을 이어 나갔다.

"확인해야 할 건 던전 브레이크의 조짐, 그리고 던전 내부의 상황이야."

후쿠오카에서 파생된 몬스터가 '웨어울프' 계열인 걸 상기해 보면, 던전의 형태는 대략 알 수 있다.

추락하는 달에 생성됐던 '재앙의 유성'처럼 웨어울프가 서식하는 곳은 꽤 유명했으니까.

그가 기억하기론 해당 던전은 A급 던전 '알페온의 지하수로'와 비슷한 특징이 있다.

'던전 브레이크를 일으키면 몬스터를 배출하는 동시에 외부의 것들을 흡수하지.'

문제는 이 던전은 공략 이전엔 탈출이 불가능하다는 특징이 있다는 점이다.

그런 면에 있어선, 알페온의 지하수로보다 더 지독하다고 볼 수도 있었다.

'진입은 쉬워도 나올 수 없는 구조야. 오직 공략만이 던전을 탈출하는 방법이니까.'

하지만 그런 던전이기에 기대해 볼 만한 것들도 있었다. 링링은 눈을 빛내며 입을 열었다.

"생존자가 있을지도 몰라."

공략이 곧 탈출인 던전은 대개 공략 난이도가 대단히 높지 않았다.

이른바 밸런스 조절.

중간에 빠져나갈 수 없는 난이도가 추가되어 있으니, 아무래도 던전 공략 자체의 허들이 낮아지는 것이다.

몬스터의 수준도 보통의 A급 던전보다 조금 낮을지도 모른다.

"희박한 확률이겠지만, 만약 누군가가 살아 있다면 분명 우리가 아는 사람일 거야."

"응? 그건 무슨 소리야?"

"불확실한 정보인데…… 후쿠오카엔 천외천 중 한 명이 살았다는 소문이 있거든."

"흐음."

아직 위치를 제대로 파악하지 못한 천외천은 몇 남아 있었다. 몬스터 파크에서도 모습을 드러내질 않았으니 높은 확률로 죽었다고 판단하기도 했다.

예외는 던전에 잔류한 경우였다.

"……일단 알았어."

강서준은 어깨를 으쓱이며 대답을 대신했다. 솔직히 그는 가망이 없다고 생각했다.

'살았으면 공략했겠지.'

만약 천외천이 살아 있었더라면, A급 던전이 되기도 전에 그곳은 공략되어야 마땅했다.

아직까지 공략되질 않은 걸 보면, 설령 살았다고 하더라도 드림 사이드 1과 같지 않다는 걸 말한다.

강서준은 생각을 정리했다.

'어쨌든 내가 할 일은 던전을 공략하는 거야.'

만에 하나라도 생존자가 있으면 구하면 될 일이고, 없으면 또 어쩔 수 없는 문제였다.

복잡하게 생각할 필요는 없다.

한편 곁에서 과자 하나를 꺼내어 오독 씹어 먹던 이루리가 강서준을 향해 말했다.

"그나저나 괜찮겠어?"

"뭘. 고작 A급 던전인데."

몬스터 파크를 공략한 이후로 이미 400레벨은 훌쩍 넘긴 강서준이다. 고작 A급 던전에 겁을 먹을까.

김훈이나 진백호도 해내는 일을 그라고 하지 못할 이유는 없었다.

게다가 막말로 그는 혼자도 아니다.

그에게 소속된 백귀만 여럿이고, 그 산하엔 수많은 영혼 부대가 있었다.

반쪽짜리지만 수룡 '파랑이'도 이젠 거의 강서준의 펫과 같은 느낌으로 따라다닌다.

사실상 그 혼자서도 일개 길드보다 훨씬 강력한 무력을 갖고 있는 셈이었다.

이루리는 미간을 구기며 말했다.

"그게 아니라, 하나 언니한테 말 안 해도 괜찮겠냐고. 지난번에 파리에 갈 때도 엄청 아쉬워하던데."

"아."

강서준은 잠시 말이 없다 쓰게 웃었다.

"최하나 씨도 요즘 바쁘잖아. 신곡도 내야 하고…… 사냥도 많이 다니시던데."

"흐음."

"됐어. 금방 다녀올 거야. 괜찮아."

강서준이 딱 잘라서 이루리의 말을 부정했다.

솔직히 이번 던전을 공략하는 데에 시간을 오랫동안 할애할 생각이 없어서 굳이 말해야 하나 싶기도 했다.

강서준은 링링에게도 조심스레 언질을 했다.

"행여나 나 혼자 떠났다는 말은 하지 마. 괜히 걱정하게 만들고 싶진 않으니까."

"……네가 알아서 해."

링링은 혀를 차며 포탈에 마력을 대단위로 주입했다. 좌표는 후쿠오카로 직행하도록 설정했다.

해외로 넘어가는 일이기에 '광화문 포탈'을 사용해야 했고, 그 탓에 그를 알아본 플레이어들이 생겨나고 있었다.

링링은 약간 소란스러워지는 주변을 둘러보며 더욱 일처리를 빠르게 했다.

"어쨌든 잘 다녀와. 만약을 대비해서 구조팀을 꾸리도록 말해 둘 테니 뭔 일이 생기면 바로 연락하고."

"그래."

가타부타 더 할 말이 없기에, 강서준은 더 소란스러워지기 전에 바로 포탈을 넘기로 했다.

운석이라도 떨어진 것처럼 초토화된 건물 더미.

살아 있는 것보다 죽은 게 더 많은 오래된 폐허.

지평선 너머로 사방이 무너지고 부서진 흔적만이 가득한 그곳으로 푸른 빛깔이 일렁이고 있었다.

아우우우!

근처를 서성이던 웨어울프 한 마리가 코끝을 찡긋거리며 낮게 포효했다.

포탈을 넘은 강서준은 주변을 둘러보며 나지막이 중얼거렸다.

"여길 이렇게 빨리 돌아오게 될 줄이야."

그리고 대뜸 미친 듯이 달려드는 웨어울프를 앞에 두고도, 그는 아무런 반응을 하지 않았다.

굳이 움직일 필요가 없었다.

스거어억!

허공에서 튀어나온 라이칸의 검격이 웨어울프의 상반신을 통째로 베어 버렸으니까.

강서준은 전보다 더 훤칠한 외모로 그를 바라보는 라이칸을 가만히 응시했다.

키아아앗!

투콰아아앙!

마찬가지로 오가닉이나 로켓도 상당한 무력으로 다가오는 웨어울프를 처치해 줬다.

이젠 B급 수준의 몬스터 정도야 강서준에겐 경험치도 되지 않는다. 이젠 귀찮은 잡몹처럼 느껴질 따름이었다.

"이런 걸 격세지감(隔世之感)이라 하나."

일전에 이곳에 왔을 때도 웨어울프 정도야 한 입 거리도 안 되는 몬스터였지만, 지금처럼 여유로운 정도는 아니었다.

이런 말 하긴 뭣하지만 아마 백귀들이 나서질 않아도 굳이 웨어울프의 공격을 막을 필요도 없었을 것이다.

저들의 수준으로는 결코 강서준에게 대미지를 입힐 수 없으니까.

그만큼 강서준과 놈들의 레벨 차이는 어마어마하게 커졌고, 그의 수준은 압도적으로 강해져 있었다.

과연 그때는 A급 던전을 혼자 공략하겠다고 이렇듯 후쿠오카로 금방 돌아올 줄 알았을까.

그것도 불과 한두 달 만에 해낼 거라고는 상상도 못 했던 일이었다.

"이렇게 강해진 것만 봐서는 리루르크에게 고마울 정도라니까."

결과적으로 그의 무리수 덕분에 플레이어들은 질적으로 엄청난 성장을 겪을 수 있었다.

드림 사이드 1에서 1년을 조금 넘은 시점에서 A급 던전을 공략한다는 건 있을 수 없던 일.

막말로 현시점에서 S급 던전이나 400레벨 이상의 몬스터를 걱정하는 것부터 말이 안 된다.

'본디 게임 4년 차에나 할 법한 고민들이지.'

켈은 시야를 가리는 몇 개의 건축 구조물을 마법으로 조금씩 정리하더니 말했다.

"그래도 케이. 방심하면 안 돼요."

"응?"

"드림 사이드는 보이는 게 전부가 아니잖아요."

걸음을 옮겨 하카타역 인근에 자리한 거대한 던전을 눈앞에 두고 있었다.

문의 크기는 황당할 정도로 커다란 게 마치 건물처럼 느껴졌다.

그리고 이번 문의 형태는 꽤 독특했다. 일반적으로 열고 닫는 문양이 아니라, 아예 '포탈'의 형상을 하고 있었다.

강서준은 미간을 좁혀 포탈에서 흘러나오는 빛줄기를 응시했다.

'주황빛.'

거두절미하고 이 던전은 던전 브레이크까지 얼마 남지 않았다는 걸 의미한다.

⟨저주받은 도시(A)⟩
던전 브레이크까지 401시간.

"약 16일이라…… 조금만 더 늦었으면 귀찮아질 뻔했어."

강서준은 쓰게 웃으며 머뭇거림도 없이 바로 던전으로 진입하기로 했다.

남은 시간이 조금 빠듯하긴 해도 지금의 강서준이라면 크게 문제가 될 건 없었다.

몇 번이나 말했듯 A급 던전은 이젠 그에게 누워서 떡 먹기보다 훨씬 쉬울 테니까!

근데 말이다.

"뭐야. 이게……."

이런 건 예상에 없었단 말이다.

노예 146,111번

강서준은 황망한 눈으로 메시지를 확인했다.

[A급 던전 '저주받은 도시'에 진입했습니다.]
[이곳은 '테마 던전'입니다.]
[당신에게 '배역'이 주어집니다.]

물 흐르듯 자연스럽게 드리운 메시지에, 강서준은 미간을 좁히며 과거를 상기해 봤다.

'원래 여기가 테마 던전이었나?'

그가 기억하는 '웨어울프의 던전', 즉 '저주받은 도시'는 테마 던전이 아니었다.

그저 개미지옥처럼 인간을 끌어들여 수많은 몬스터와 싸우게 만드는 커다란 함정 같은 곳.

사냥하고 또 사냥하다 보스 몬스터까지 사냥하여, 던전을 공략하는 극히 단순한 던전이었다.

시나리오야 있겠지만 이처럼 본격적으로 테마를 갖진 않았다.

'……그래. 그럴 수 있어. 여긴 드림 사이드 1이 아니니까.'

모든 게 같진 않으리라.

강서준은 애써 그리 생각하며 점차 형상을 갖추는 주변을 살폈다.

테마 던전답게 입장과 동시에 어떠한 배역의 위치로 전이되고 있었다.

강서준은 딱 거기까진 그러려니 넘기려고 했다.

근데.

[당신은 '146,111번'이 되었습니다.]

가타부타 다른 설명도 없이 덩그러니 놓인 메시지를 읽고서도, 대충 웃어넘길 수는 없었다.

〈상태창〉

이름 : 146,111번 – Lv. ──
나이 : 30세

직업 : 차원 서고의 주인
스텟 : [근력 −], [민첩 −], [체력 −], [마력 −]
고유 스킬 : [땅파기], [암석부수기]
*플레이어 '강서준'의 데이터는 봉인되었습니다. 시나리오 퀘스트를 클리어하십시오.

"허……."

찌푸린 미간을 채 펴지도 못한 강서준은 돌연 들려온 고함에 정신을 차려야 했다.

"빨리빨리 안 움직여?"

"오늘 안에 일을 끝마치지 못하면 밥은 없는 줄 알아!"

"오냐오냐해 줬더니 아주 살판났군그래?"

그는 쏟아지는 험한 말 사이에서 눈치를 살피며 호흡을 가다듬었다. 별안간 전이는 완료됐고 그가 선 위치도 얼추 알 법했다.

'……광산이로군.'

주변으로는 곡괭이 따위를 들고 암벽을 내리치는 수많은 사람이 있었다.

그들의 얼굴은 숯검댕이나 다름없었고, 하나같이 오래 굶은 듯 빼빼 말라 있었다.

"넌 뭐야? 빨리 안 움직여!"

강서준은 그를 향한 불호령에 일단 빠르게 근처에 있는 암벽을 내리찍었다.

그의 손엔 어느덧 곡괭이가 쥐어져 있었다.

옷차림도 허름한 노예의 복장이었다.

'대충 여기 테마가 뭔지는 알겠어.'

번호로 구분된 이름과 아무것도 표기되질 않은 상태창.

이건 드림 사이드에서도 몇 없는 특수한 테마를 알려 주는 정보였다.

'노예 해방 시나리오.'

그중 강서준은 노예 번호 146,111번이었다.

'근데 뭔가 이상해.'

노예 해방 시나리오는 이렇듯 모든 능력치를 봉인하고 시작하는 게 특징이다.

그래야 한정된 능력으로 노예들을 어떻게 구원삶고, 간수들을 넘어 해방까지 이르는 시나리오가 완성될 테니까.

강서준이 의문을 품은 건 그다음에 나타난 메시지 때문이었다.

[시나리오 지역에 입장했습니다.]

[새로운 퀘스트가 도착했습니다.]

〈퀘스트 - 없음〉

분류 : 없음
난이도 : 없음
조건 : 없음

강서준은 미간을 찌푸리며 입맛을 다셨다. 몇 번을 다시 살펴봐도 이해하기 어려웠다.

'대체 뭐지?'

퀘스트는 있지만 그 내용이 아무것도 적혀 있질 않다니.

이건 버그가 아니고서야 있을 수 없는 일이다.

'단서가 부족한 건 아니야. 그랬으면 퀘스트 자체가 생성되질 않았어야 하니까.'

즉 그는 제대로 된 시나리오 영역에 진입했고, 테마 던전의 퀘스트도 받았다는 결론이 나온다.

'흐음…….'

상황에 대한 이해가 복잡하든 말든 시간은 계속 흘렀다.

간수들의 호통은 갈수록 심해졌고 종종 채찍질도 하면서 광산의 노예들을 부렸다.

작업은 끝도 없이 이어졌다.

그리고 강서준은 구석으로 몰려 곡괭이질을 이으면서 주변 눈치를 살폈다.

물론 일이 힘들진 않았다.

[!]

[당신은 '차원 서고의 주인'입니다.]

[당신은 어떤 상황에서도 '정체성'을 잃지 않습니다.]

일전에 차원 서고의 주인으로 특수 조건을 완성한 덕에, 시스템조차 그의 힘을 빼앗을 수 없었으니까.

상태창의 표기는 -로만 나와 있더라도, 실상 그는 당장 이 광산 자체를 무너뜨릴 힘이 있었다.

실제로 인벤토리도 막힌 게 아니라서, 노예로 변신하면서 이동된 각종 아이템도 꺼낼 수 있었다.

하지만 그는 그러지 않았다.

'상황 파악이 우선이다.'

강서준은 성실한 노예를 연기하며 사람들 사이를 오갔다. 그리고 속으로 말을 걸어 한 가지 명을 내렸다.

'알리. 탐색해.'

-분부대로 하겠습니다.

강서준의 명을 받든 알리는 빠르게 어둠을 가로질러, 다른 노예들의 무의식으로 스며들었다.

동시에 강서준도 의식을 두 개로 나누어 반복적으로 곡괭이질을 하면서 알리의 시야를 공유했다.

이 방식이면 크게 힘을 들이지 않고도 정보를 수집할 수 있었다.

그렇게 몇 개의 무의식을 넘나들던 강서준은 의외의 진실도 마주할 수 있었다.

'……NPC가 아니었어.'

강서준은 새삼스러운 눈으로 주변을 둘러봤다.

어쩌면 이들 모두가 NPC가 아닐지도 모른다는 생각이 들었다.

'황당하군. 생존자는 거의 없을 줄 알았는데.'

당장 그가 채굴하는 곳만 해도 물경 100에 달하는 인원이 갱도 가득 움직이고 있었다.

또한 다른 이의 무의식을 살펴본 결과, 이런 갱도가 광산 내엔 수십 개가 더 있었다.

강서준은 그의 이름에 걸린 번호의 뜻도 알 수 있었다.

'146,111번째로 살아 있는 노예.'

단순히 번호로 분류한 것만이 아니라, 노예의 생사 여부도 번호로 나타나고 있었다.

즉 146,110번 아래의 노예 한 명이 죽게 된다면, 강서준은 146,110번 노예가 되는 것이다.

강서준은 터무니없는 결론을 내려야 했다.

'한마디로 이 던전엔 플레이어만 146,110명이 살아 있다는 거야.'

약간 경이로우면서 황당한 심정에 저도 모르게 침을 꼴깍 삼키고야 말았다.

이후로도 정보 수집은 계속됐다.

일과가 끝나고 간수들을 따라 노예들의 감옥에 돌아갈 때에도.

엄지손가락만 한 주먹밥을 배식받았을 때에도.

수많은 노예가 끙끙대며 밤새 앓는 순간에도.

알리와 함께하는 무의식 탐사는 멈추지 않았다.

'일단 이 방의 굵직한 기억은 다 살펴본 것 같은데.'

도합 100명에 다다르는 무의식을 살펴본 대장정.

던전에 대한 자세한 정보는 알 수 없었지만, 적어도 이곳이 어떻게 굴러가는지는 알아냈다.

'여긴 저주받은 도시에서도 구석에 있는 광산. 이 산에만 갱도가 20개 나뉘어져 있어.'

그리고 영역별로 노예의 수는 대략 100명으로 구성되었다.

한마디로 광산 하나에만 무려 2,000명에 달하는 플레이어가 억압된 것이다.

대충 생각해 봐도 어마어마한 규모였다.

'광산은 이것 말고도 더 있으니, 노예가 된 플레이어는 기하급수적으로 늘어나겠지.'

강서준은 한숨을 삼키며 뜬눈으로 주변을 살폈다.

피골이 상접하고 온몸에 상처가 가득한, 그리고 생기가 전혀 없는 모양새로 잠든 노예들은 마치 시체 같았다.

과연 생존자 약 14만 명의 사람들은 모두 이런 삶을 살고 있는 걸까.

'살아 있는 게 지옥인 세상이로군.'

고작 반나절을 지냈지만, 이곳엔 희망 따위는 부질없다고 쉽게 단언할 수 있었다.

노예들의 생각이 그러했고 현실적으로도 그들이 뭘 더 해낼 수도 없었다.

강서준은 입술을 잘근 깨물었다.

이곳에 대한 정보는 어느 정도 파악해 냈다. 앞으로 해야 할 일이 무엇인지도 계획했다.

'이제 문제는 파랑이야.'

이 던전으로 진입할 때에 공교롭게도 파랑이도 플레이어로 분류된 듯했다.

하여 그녀도 강서준처럼 다른 곳에 다른 배역으로 배치된 것이다.

대체 어디로 전이된 걸까.

'가능한 한 빨리 찾아야 해.'

강서준은 남몰래 로켓을 소환해, 땅속에 파고들도록 했다.

종족값이 상승한 이후로 '땅의 마법'을 쓸 줄 아는 로켓은 딱딱한 광산도 쉽게 뚫고 지나다닐 수 있었다.

능숙하게 땅으로 스며든 로켓을 향해 강서준이 말했다.

'로켓, 부탁한다. 파랑이를 찾아.'

─맡겨만 주세요. 반드시 찾아내겠습니다.

물론 파랑이의 안위를 걱정해서 이러는 게 아니다.

S급 몬스터의 신체를 가진 '용'이자, 그것만으로도 이 던전을 제패할 수 있는 압도적인 무력의 그녀를 누가 어찌할 수는 없을 테니까.

그녀는 걱정의 대상이 되지 못한다.

다만 그가 신경 쓰는 건 행여나 파랑이가 폭주할 경우였다.

브레이크가 없는 그녀는 솔직히 그 누구보다 위험한 존재였다.

'자칫 잘못하면 상황이 꼬인다.'

제어할 수 없는 존재를 두고 주로 '불가항력'이라 부른다.

그리고 사건에 있어 '불가항력'은 종종 예기치 못한 변수로 작용하기 마련이다.

강서준은 기왕이면 제어할 수 없는 변수가 생겨나지 않기를 바랐다.

투드드득!

잠시 노예들 사이에서 눈을 감고 상황을 파악하던 그는, 돌연 들리는 소리에 귀를 기울였다.

몇몇 노예들이 조심스레 몸을 일으켜 감옥의 한쪽으로 모여들고 있었다.

'드디어 움직이는군.'

사실 이곳엔 간수들 몰래 활동하는 노예들의 비밀 조직이 하나 있었다.

이름이 뭐라더라?

'카게(かげ).'

일본어로 '그림자'란 뜻을 가진 집단은 은연중에 노예들의 삶에 도움을 주고 있었다.

'마침 오늘이 회합이 벌어지는 날이야.'

강서준은 상념을 접고 아주 은밀하게 그들의 뒤를 쫓았다.

노예들은 은신 능력이 상당한지 소리 한 점 흘리질 않고 고요하게 이동하고 있었다.

그리고 어떻게 뚫어 놨는지 감옥의 벽돌 몇 개를 빼니 보이는 비밀 통로가 있었다.

'……길군.'

노예들의 뒤를 따라 얼마나 숨을 죽여 이동했을까.

캄캄한 비밀 통로를 지나 올라간 곳엔 어스름한 달빛이 나뭇잎 사이로 비치는 어느 숲속이었다.

'후우…… 이제 좀 살겠네.'

반나절이라도 외부와 완전히 차단되어 있던 광산으로부터 나온 순간이다.

코끝에 저미는 청량한 공기에 저도 모르게 미소가 지어졌고, 활짝 열린 폐부로 스며든 상쾌함에 기분이 좋아졌다.

그와 같은 기분인지 앞서 이동하던 노예들도 몇 번이나 심호흡을 잇고 있었다.

"이크…… 이럴 때가 아니지."

"늦겠어. 얼른 가자."

퍼뜩 정신을 차린 노예들은 숲을 가로질렀다. 한두 번 해 본 솜씨는 아닌지 어두운 숲속에서도 곧잘 길을 찾아내고 있었다.

꼬불꼬불하고 복잡한 산세를 헤치고, 그들은 수풀에 은밀하게 감춰진 동굴의 앞에 섰다.

강서준은 그 안에서 흘러나오는 마력량을 확인했다. 이미 많은 사람이 집결해 있는 듯했다.

'이곳에…….'

한편 강서준은 동굴로 들어가는 입구 쪽에 기묘한 기관 장치를 하나 발견했다.

너무 교묘하게 꾸며져, 아는 사람이 아니고서야 쉽게 피할 수 없는 함정이었다.

강서준은 확신할 수 있었다.

'역시 이곳에 그가 있어.'

무엇보다 강서준이 노예들의 뒤를 쫓아, 이 비밀 회합을 찾게 된 이유.

정보를 얻는 게 목적이라면 굳이 뒤를 쫓을 것까진 없었으리라.

그가 여기에 온 데엔 이유가 있다.

"누구냐!"

강서준이 더는 모습을 감추지 않고 입구로 다가가자, 바로 노예들로 이루어진 경비병들이 반응했다.

그들은 녹슨 검이나 녹슨 창, 녹슨 방패를 쥐고 이쪽을 경계했다.

대번에 살벌한 분위기가 생성되고, 강서준은 말없이 그들을 바라봤다.

선두에 선 노예가 강서준을 보더니 말했다.

"……넌 누구지?"

나지막이 육안으로 강서준을 살핀 노예는 한층 긴장을 덜어 낸 얼굴로 물었다.

"어디 소속인지는 모르나 돌아가라. 여긴 네가 생각하는 그런 곳이 아니야."

"……만나야 할 사람이 있습니다."

수많은 사람이 활시위를 당기고, 목 언저리까지 창을 겨눈 상황. 강서준은 담담한 어조로 입을 열었다.

"안센."

"……뭐?"

"토니모리 안센. 그를 만나게 해 주세요."

강서준은 말없이 노예의 뒤를 따라 깊은 지하로 들어갔다.

천연 동굴과 인위적으로 깎은 것들이 마치 개미굴처럼 복잡하게 늘어진 통로.

슬슬 어디로 가는지 헷갈릴 즈음에야 그는 넓은 공동에 도달할 수 있었다.

"이쪽이다."

이미 그 안엔 비슷한 복장의 여러 사람들이 가득 모여 있었다.

그리고 이미 소식이 전해졌는지, 대뜸 강서준에게 말을 거는 사내도 있었다.

"나를 찾는다고?"

강서준은 노예들의 흉흉한 시선을 정면으로 마주했다. 그중 꽤 몸집이 커다란 사내가 흉악한 표정을 지으며 이쪽을 바라봤다.

"넌 누구지? 어떻게 내 본명을 알고 있는 거지?"

험악한 분위기는 고조됐다.

금방이라도 그를 찌를 듯 검 손잡이에 손을 댄 노예나, 활시위를 이쪽으로 당긴 노예들.

수십에 달하는 장정이 그 하나를 두고 위협적인 기세를 내세웠다.

물론 신경 쓸 정도는 아니다.

"당신 말고요."

"······뭐?"

"난 토니모리 안센을 만나러 왔습니다. 당신 같은 허수아
비는 관심 없어요."

그 말투가 사내를 화나게 했을까. 얼굴이 대번에 붉어지고
근육이 성난 듯 일어났다.

그가 자리에서 벌떡 일어나니 먼지가 풍겨 났고, 목 언저
리로 차가운 검의 감촉도 느껴졌다.

강서준은 짧게 혀를 찼다.

"한 번은 봐드리지만 두 번은 없어요. 내 목에 칼을 겨누
는 건 이번이 마지막입니다."

"······가소로운 꼬맹이가."

"거짓말이 아닙니다. 다음은 저도 막을 생각이 없어요."

강서준은 금방이라도 달려들 태세인 라이칸을 겨우 진정
시키며 시선을 돌렸다.

이곳엔 싸우려고 온 게 아니다. 최소한 협상을 위해서라면
최소한의 예의를 갖출 생각이다.

"말 길게 하도록 만들지 말고 슬슬 정체를 드러내시죠? 토
니모리 안센."

"안센은 나다!"

자칭 안센이라 칭한 거구는 성큼성큼 강서준에게 다가와

겁도 없이 그 멱살을 확 휘어잡았다.

강서준은 서늘한 시선으로 거구를 올려다보았다.

"뭐, 뭐…… 노려보면 뭐 어쩔 건데?"

라이칸의 들끓는 분노가 뼈저리게 느껴질 즈음.

돌연 한쪽 테이블에서 여리지만 꽤 힘 있는 목소리가 들려
왔다.

"그만하시죠."

그러자 놀라울 정도로 멱살을 잡던 사내가 손을 뒤로 물렀
다. 강서준이 그쪽을 바라보니 다소 왜소한 체구의 남자가
어색하게 웃고 있었다.

"이미 다 알고 온 모양이군요."

"……워낙 티가 났어야죠."

강서준은 여전히 험악한 분위기 속에서 나지막이 입을 열
었다.

"오랜만입니다. 안센."

외형은 다른 노예처럼 오래 굶어 삐쩍 곯았고, 꾀죄죄한
몰골에 정돈되지 못한 앞머리는 코 아래로 내려가 눈조차 안
보이는 몰골.

키도 그보다 10cm나 작고, 실제로 연령도 훨씬 어려 보이
는 남자였지만 강서준은 그를 우습게 보지 않았다.

'대장장이 안센.'

그는 후쿠오카에 살고 있다던 랭킹 8위의 천외천이었으니

까.

토니모리 안셴.

랭킹 8위에 빛나는 드림 사이드의 가장 위대한 대장장이.

강서준이 안셴에 대해 알게 된 건, 노예들의 무의식을 한창 탐구하던 때였다.

'토니모리 안셴…… 여기에 있었단 말이지.'

신기한 물건을 만든다는 안셴에 대한 소문은 이곳에 들어올 때 보았던 첨예한 기관 장치로 그 정체를 확신했다.

이 던전의 숨은 단체인 '카게'를 이끄는 리더이자, 토니모리 안셴이란 이름을 가진 자.

'정말 공교롭다니까.'

강서준은 쓰게 웃으며 허리 벨트에 고요히 꽂혀 있는 그랑의 어금니 단검을 살펴봤다.

재밌는 건 '그랑의 어금니 단검'이 바로 안셴이 만든 제작품이라는 것이다.

'실패작이라 불렸지.'

그랑의 어금니 단검엔 남모를 비밀이 하나 숨겨져 있다.

이 장비의 경우, '용의 무구'임에도 고작 제한 레벨이 400도 안 된다는 것이다.

화룡 그랑의 레벨이 470을 넘겼던 괴물인 걸 생각해 보면 터무니없는 성능이라 할 수 있다.

 세간의 시선으로 봤을 때는 장비의 수준과 성능을 대폭 하향시킨 완전한 실패작이었다.

 '하지만 안센에겐 성공작이지.'

 안센은 그랑의 어금니 단검을 단 한 번도 무기로 만들 생각이 없었던 것이다.

 그가 만들려 했던 건 예쁜 장식이 될 만한 세공품.

 황당하게도 안센은 귀하디귀한 '용의 이빨'을 갖고, 고작 세공품을 만들어 냈다.

 당연히 성능은 고려하지 않고 미관만을 따졌기에 그 수준도 대폭 하향된 것이다.

 '장비를 조각하는 대장장이.'

 이것이 드림 사이드 1에서 불려 온 안센의 별칭이었다.

 그는 나지막이 탄식하며 말했다.

 "혹시 우리 아는 사이였습니까?"

 "네, 뭐⋯⋯."

 알다마다.

 게임으로 치면 가장 오랜 단골이자, 꽤 친분도 깊었다.

 소소한 문제가 있다면, 현실의 모습이 클라크를 처음 봤을 때만큼이나 다소 적응하기 어렵다는 것 정도였다.

 '게임 속 캐릭터는 꽤 근육질이었는데 말이지.'

상위0.001%
랭커의귀환

강서준은 어깨를 으쓱이며 더는 외관에 신경 쓰지 않기로 했다.

　가장 중요한 건 그가 여전히 대장장이로의 활약을 할 수도 있다는 점이다.

　이는 곳곳에 설치된 기관 장치만 봐도 알 수 있다.

　'레벨은 꽤 낮아 보이지만……'

　그는 여전히 대장장이 안센이었다. 강서준은 거두절미하고 본론부터 꺼내기로 했다.

　"사실 전."

　"안 돼요."

　"……네?"

　"안 된다고요."

　황급히 날아온 거절에 강서준은 눈살을 찌푸리며 물었다.

　"아직 아무 말도 안 했는데요."

　안센은 어깨를 으쓱이며 다시 자리에 털썩 앉았다. 그리고 무미건조한 눈으로 강서준을 올려다보며 말을 이었다.

　"뭘 기대하고 왔는지는 뻔하죠. 일 없어요. 돌아가요. 난 당신 부탁 들어주지 않을 거니까."

　"……."

　"미안하지만 예전의 내가 아닙니다. 랭커? 천외천? 그딴 건 게임에서나 할 말이죠."

　그는 꽤 냉소적인 시선이었다.

"여긴 현실입니다. 우린 노예고, 우리가 바꿀 수 있는 건 아무것도 없어요."

"흐음."

"돌아가세요. 여긴 당신이 생각하는 것처럼 희망적인 집단이 아니니까."

강서준은 말없이 한숨을 삼켰다.

노예들의 비밀 집단, 통칭 '카게'는 노예 해방 시나리오를 공략을 하는 집단이 아니라는 건 익히 알고 있었다.

노예들의 무의식엔 카게가 어떤 목적으로 움직이는지 빤히 알 수 있었으니까.

카게는 기껏해야 음식을 훔치거나, 의약품을 훔쳐 다른 노예들에게 돌려주는 '의적'이었다.

"딱 봐도 다른 목적이 있는 것 같아서 하는 말입니다. 우린 그냥 도둑놈입니다. 당신이 원하는 건…… 아, 혹시 의뢰인가요?"

"아뇨."

"그래요. 그러니 돌아가세요. 쓸데없는 희망을 품지 말고 발 닦고 잠이나 자요. 내일 채찍은 오늘보다 더 아플 겁니다."

명백한 거절 의사와 축객령에 다른 노예들이 강서준의 양쪽 팔을 잡아끌었다.

그대로 끌고서라도 밖에 데려갈 요량이었을까. 강서준은 짧게 혀를 차며 간단하게 그들의 손을 쳐 냈다.

"무슨 힘이……."

강서준은 안센에게 말했다.

"거래를 제안하러 왔어요."

"……거래요?"

"전 당신이 원하는 걸 줄 수는 없어요. 하지만 무엇보다 필요한 걸 드리도록 하죠."

강서준의 시선은 그를 바라보는 노예들에게 향했다.

희망은 던져 버린 지 오래고, 절망 따위를 소화시킨 지 오래된 사람들.

오직 체념하고 오늘을 살 뿐인 노예들은 황당하다는 얼굴로 강서준을 보고 있었다.

강서준은 씨익 웃으며 말했다.

"던전을 공략할 겁니다."

"던…… 뭐요?"

"대신 안센, 당신은 내 장비를 좀 봐줘야겠어요."

잠시 적막이 흘렀다.

그의 팔을 잡아끌던 노예도, 무기를 겨누던 노예도, 마주 보며 눈을 동그랗게 뜬 안센조차 아무 말도 잇지 못했다.

다만 누군가가 먼저 터뜨린 웃음은 금세 들려왔다.

"푸흡…… 뭐? 공략?"

"아주 패기가 넘치시는구먼!"

"공략이란다! 공략!"

비웃음은 전염이라도 되는 모양일까. 노예들은 강서준을 보며 번지듯 웃음을 터뜨렸다.

물론 정작 강서준은 정색을 했고, 안센도 웃질 않아 그런지 소란은 금방 잠잠해졌다.

안센의 시선이 예리하게 빛났다.

"진심입니까?"

"물론이죠."

잠시 말이 없던 안센은 한숨을 푹 내쉬었다. 그리고 강서준의 어깨를 톡톡 두드리며 말했다.

"됐어요. 그만하세요. 어디서 레벨 좀 올린 모양인데…… 던전 공략? 그런 건 불가능해요. 여긴 일반적인 던전이 아니니까."

"알아요."

"안다고요? 그럼 이곳의 보스는 당신이 생각했던 것보다 훨씬……."

안센이 거기까지 말했을 때다.

쿠구구구구구궁!

돌연 머리 위로 진동이 생겨나고 돌가루가 떨어졌다.

순식간에 흔들린 지진에 노예들은 이리저리 나부끼고 당황스러운 얼굴로 눈만 껌뻑였다.

안센은 빠르게 테이블 위에 올려져 있던 고글을 머리에 쓰더니 큰 목소리로 외쳤다.

"……간수들이군요."

"네?"

"꼬리가 붙었었나 봅니다. 안 되겠습니다. 오늘 회의는 여기까지입니다."

안센은 호흡을 가다듬더니 고글을 벗고 그 앞에 선 노예들에게 빠른 속도로 명을 하달했다.

"기관이 작동했으니 그들이 바로 들어오진 못하겠지만, 시간문제입니다. 빨리 빠져나가야 해요. 놈들에게 한 사람이라도 붙잡히면 그 순간 우린 패배입니다. 다들 알고 계시죠?"

"네!"

노예들은 일사불란하게 조를 나눠 움직이기로 했다.

자세히 보니 이 방에도 여러 개의 문이 있었고, 각 문마다 통로는 다른 방향으로 뻗어 있었다.

안센은 강서준에게도 당부의 말을 건넸다.

"기모스가 당신을 안내할 겁니다. 부디 안전하게 빠져나가시길."

그리 말한 안센은 다른 사람들을 통솔하기 위해 빠르게 자리를 비웠다.

덩그러니 남은 강서준은 안센의 대리자, 자칭 '안센'이라 주장하던 거구의 남성 '기모스'를 마주할 수 있었다.

"……우리도 얼른 나가자. 간수들이 냄새를 맡으면 골치 아파져."

강서준은 일단 기모스의 말을 따라 움직이기로 했다.

안센은 이런 상황에 대한 방비를 충분히 해 둔 모양이었고, 굳이 그가 나서서 뭔가를 할 필요는 없을 것 같았다.

아직 그가 나설 때가 아니었다.

한편 앞서가던 기모스가 강서준을 돌아보며 말했다.

"근데 너 일본인인가?"

"?"

"일본어가 꽤 유창하던데."

그리고 그 질문에 대답한 건 강서준이 아니었다.

"무슨 소리야. 아까부터 영어를 쓰던데. 난 의외로 기모스 네가 영어를 잘 알아듣길래 놀라고 있었어."

"……뭐? 난 애플이 영어로 뭔지도 몰라."

"애플이 영어야. 어쨌든 아까부터 저 사람 영어로만 말하고 있다고."

"엥?"

혼란은 쉽게 번졌다. 누구는 강서준이 한 말을 '한국어'로 들었고, 누구는 '중국어'로 들었던 것이다.

"뭐야. 대체 어떻게 된 거야?"

이는 당연한 일이다.

강서준이 소통하는 방식은 '고급 통역 아이템'을 통해 하는 것이다.

즉 그들의 입장에선 전부 '모국어'로 들릴 수밖에 없다.

강서준은 어깨를 으쓱이며 말했다.

"그보다 앞을 봐야겠는데요?"

"뭐?"

달려가던 사람들은 복도 끝에서 으르렁대는 한 마리의 늑대인간을 마주하고 말았다.

반바지만 입었고 붉은 갈기가 유난히 도드라진, 근육질의 늑대는 적색 갈기 웨어울프라 불리는 존재다.

레벨은 얼추 330 아래로 A급 던전에서도 가장 레벨이 낮은 쪽에 해당했다.

"젠장······."

기모스는 호흡을 가다듬었다.

"내가 잠시 시간을 벌 테니 다들 도망가. 어떻게든 빠져나가란 말이야!"

"야! 네가 뭘 어쩌려고!"

"뭐라도 해야지! 이대로 다 죽을 거야?"

절망스러운 상황에서 하늘은 무심하기만 했다. 복도 너머로 여타 다른 웨어울프들도 속속 모습을 드러내고 있었으니까.

기모스의 안색은 대번에 질렸고, 몇몇 노예들도 헉 소리를 내며 주저앉아야만 했다.

한 마리의 웨어울프조차 감당하질 못하는 게 그들의 현실.

카게가 여태 생존한 이유는 절대 적들과 정면 대결을 하질 않았기 때문이다.

"젠장……."

기모스는 강서준을 향해 말했다.

"……너라도 도망쳐. 어떻게든 여긴 우리가 막을 테니까."

뭐라 해야 할까.

꽤 용기 있는 발언이고, 앞서 그를 지키려는 모습은 꽤 인상적이었다.

하나 강서준은 고개를 가로저었다.

기모스의 쌍심지가 날카로워졌다.

"고집 좀 그만 부려! 사람이 목숨 걸고 도와주겠다는데 너는……!"

"아니, 좀 비켜 봐요."

강서준은 힘으로 기모스를 옆으로 치우고, 순식간에 다가온 날카로운 손톱을 막아 냈다.

그 잠깐 사이 여기까지 도달한 몬스터들의 입가엔 더러운 침이 뚝뚝 떨어지고 있었다.

"……뭐, 뭐야! 어, 어, 언제!"

노예들이 기겁하며 비명을 질렀고 강서준은 재차 휘둘러지는 손톱을 응시했다.

"라이칸."

츠츠츳!

그리고 강서준은 차분한 얼굴로 단 한마디의 명령을 내리기로 했다.

"처리해."

그의 주변으로 연기처럼 소환된 라이칸은 히드라의 마검으로 웨어울프의 상반신을 통째로 베어 내면서 답했다.

-분부대로 하겠습니다.

눈앞으로 펼쳐진 다소 비현실적인 장면을 보며, 기모스는 안셴이 남겨 줬던 귓속말을 떠올리고 있었다.

「"잘 타일러서 돌려보내요. 뭘 하다 온 사람인지는 몰라도 저런·오만한 태도로는 이곳에서 오래 살아남기 힘들잖아요. 알죠?"」

그 말에 기모스는 당연히 공감하고 있었다. 노예는 자세를 낮출수록 생존율이 올라가니까.

보아하니 운 나쁘게 최근에 던전으로 난입한 케이스에, 레벨도 조금 높은 모양이었다.

'저러다가는 송장 꼴이 되기 쉬워.'

날고 긴다는 플레이어들이 이곳에서 늑대 밥으로 관짝 열고 들어가는 꼴을 한두 번 봤어야지.

해서 기모스는 이곳을 탈출하면 우선 노예의 필수 생존법에 대해 알려 줄 생각이었다.

그가 속한 카게는 어떻게든 노예들이 오래 살 수 있도록 고민하고 해결하는 데에 최소한의 노력을 하는 집단이니까.

기모스는 그 사실에 자부심을 갖고, 숱한 노예들을 살려 왔다고 자신했다.

'노예는 노예다워야 해.'

드림 사이드 2가 오픈하자마자 이 던전에 잔류한, 나름대로 잔뼈가 굵은 그만의 특별 비법도 알려 줄 생각도 했었다.

그러니 어찌 상상이나 했을까?

스거어어억!

끄아아악!

연기처럼 나타난 한 인간이 기다란 검으로 늑대들 사이를 휘젓고 다닌다니.

도깨비처럼 동에 번쩍, 서에 번쩍 이동하며 웨어울프를 유린하는 한 남자.

금세 복도는 피 냄새로 가득 찼고, 터무니없지만 웨어울프의 머리는 곳곳으로 전시되듯 떨어졌다.

기모스는 미동조차 하지 않는 웨어울프의 사체를 내려다보며 잠시 몸을 떨었다.

'지, 진짜 죽인 거야?'

도합 여섯 마리나 되는 웨어울프가 한 인간에 의해 도살되는 데에는 채 1분도 걸리지 않았다.

"왕이시여. 늑대들이 냄새를 맡고 몰려옵니다."

"허억……!"

이번엔 허공에서 웬 시커먼 형체가 나타나 신참 노예에게 부복하고 있었다.

'……어디서 나타난 거야?'

당황할 틈도 없이 복도 끝에서 웨어울프가 포효하며 또 모습을 드러냈다.

이번엔 그 숫자가 이전보다 배는 넘었다.

복도를 가득 채운 놈들은 갈기를 날카롭게 세워 전투 모드로 들어서기도 했다.

바로 알았다.

저들은 하이 웨어울프다.

털 하나하나가 강철보다 단단해 전신이 무기인 괴물 같은 존재들.

아마 기모스가 그들을 본 건 반년 전이 마지막일 것이다.

'그때 죽은 사람만 수백인데.'

카게라고 원래 이렇게 힘없는 집단은 아니었다.

과거엔 시나리오를 공략하겠다는 당당한 포부도 있었고, 몇몇 광산을 탈환하기도 했다.

웨어울프를 잡아 레벨 업을 했고, 던전의 곳곳에 숨은 사냥터를 찾아 기량도 올렸다.

그리고, 그렇게 한창 기세를 올리던 카게를 몰락시킨 게 바로 눈앞의 하이 웨어울프다.

'하이 웨어울프는 일개 인간이 감당할 수 없는 괴물이야.'

종잇장을 찢듯 인간의 몸이 찢기는 광경을 그는 그날 처음 보았다.

놈들의 이빨이 뚫지 못할 건 없었고, 그 날카로운 손톱은 힘겹게 제련한 무기마저 무용지물로 만들어 버렸다.

현실적인 차이가 너무나도 큰 싸움이었다. 결국 카게는 궤멸에 가까운 피해를 입었더랬다.

"도망쳐야 해……."

주문처럼 중얼거린 기모스는 겨우 정신을 차리고 몸을 추슬렀다. 제아무리 강하다고 해도 '인외(人外)'의 존재는 상대조차 해선 안 된다.

그게 이곳의 가장 중요한 생존법이고, 노예 생활 1년은 훌쩍 넘는 그가 정립한 기준이었다.

"도와줄까?"

"……문제없습니다."

하지만 종전에 웨어울프를 홀로 쓸어 버린 남자는 겁도 없이 혼자 정면으로 나섰다.

그 무모한 장면에 기모스는 소리 없는 비명을 삼켰다. 그리고 미안한 일이지만 그래도 이곳을 빠져나가야 한다는 생각이 절실히 떠올랐다.

왔던 길을 되돌아간다면, 다른 출구로 빠져나갈 수도 있을 것이다.

'일단 빠져서 상황을 보자. 여기만 벗어나면 어떻게든 살아남을 방법은 있어. 숲속에서라면 냄새도 조금…….'

거기까지 생각했을 때였다.

스거어어억!

빠르게 하이 웨어울프의 무리로 뛰어든 남자의 검이 푸른 불꽃을 일으켰다.

그리고 그 불꽃은 유려한 궤적을 그려 가며 강철보다 더 단단한 하이 웨어울프의 몸을 베어 나가기 시작했다.

놈들이 비명을 질렀다.

-너, 너는…… 도깨비!

-왜 인간의 편에 선 것이냐!

신들린 움직임에 하이 웨어울프들도 섣불리 다가설 수 없는 지경이었다.

다수가 단일에게 겁을 먹는 초유의 사태가 벌어진 것이다.

그 모든 일을 일으킨 남자는 푸른 불꽃을 검에 담아 휘두르면서, 간단하게 말했다.

"왕께서 명령을 내리셨기에."

"……뭐?"

"유감은 없다. 감히 왕의 앞길을 막은 너희들의 운이 안 좋았을 뿐. 잘 가라."

"끄아아아악!"

모든 광경은 비현실적이었고, 기모스는 푸른 불꽃에서 열기가 전혀 느껴지지 않는다는 사실도 깨닫기에 이르렀다.

"그래. 이게 현실일 리가 없지. 어떻게 이런 일이……."

그렇게 자기 볼을 꼬집은 기모스는 작렬하는 통증에 미간을 팍 구겼다.

"……꿈이 아니잖아."

황망한 눈으로 푸른 불꽃 사이를 누비며, 하이 웨어울프를 섬멸한 한 남자를 바라봤다.

기모스가 제일 놀란 건, 그 남자가 일개 노예의 앞에 부복하면서 극도로 저자세를 취한다는 점이다.

"대체 너는…… 아니, 당신은, 그러니까 선생님은 누구십니까?"

저도 모르게 극존칭을 하며 납작 엎드린 건, 오랜 노예 생활로 다져진 그의 생존 본능이다.

기모스는 바닥에 머리를 박고 일단 사죄의 말부터 올렸다.

"여태 몰라봬서 죄송합니다! 사, 살려만 주신다면……!"

"그만해요."

기모스는 자신의 어깨에 닿은 손을 확인했다. 다부진 손길에 살짝 고개를 들자, 노예의 얼굴이 선명하게 보였다.

그는 대수롭지 않은 얼굴이었다.

"안 잡아먹으니까. 일어나요."

"……네?"

"일단 나갑시다. 갈 길이 멀잖아요."

"네, 네!"

기모스는 그와 마찬가지로 바닥에 머리를 박고 있던 노예들과, 빠르게 시선을 교환했다.

강서준은 짧게 혀를 차며 앞서 걸어가는 노예들을 살펴볼 수 있었다.

특히 굽신대면서 그에게 잘 보이려고 안간힘을 쓰는 거구의 남자.

'기모스'는 원한다면 몸속의 내용물도 꺼내서 보여 줄 기세로 극도의 저자세를 보여 주고 있었다.

강서준은 감투로 들어간 라이칸을 향해 핀잔을 던졌다.

'그러게 적당히 하랬지?'

-죄, 죄송합니다!

사실 저들이 극도로 저자세를 유지하는 데엔 라이칸의 잘못이 컸다.

'살기를 날리긴 왜 날려?'

-죄송합니다. 건방진 인간들이 감히 왕을······.

'쓰읍.'

일전에 노예들이 강서준을 업신여겼던 게 나름 라이칸을 화나게 했던 걸까.

벼르고 있던 라이칸은 웨어울프를 사냥하는 김에, 은근슬쩍 노예들을 향해 제멋대로 살기를 흘렸다.

그 살기에 적중당한 노예들은 제정신을 차릴 수 없었고, 그 결과가 바로 눈앞에서 죽을힘을 다해 눈치를 살피는 기모스다.

강서준은 한숨을 내뱉었다. 그러자 기모스가 발작하며 외쳤다.

"죄, 죄송합니다!"

"······아뇨. 내가 더 미안해요."

한편으로는 노예들의 상태가 심히 걱정되기도 했다.

말하자면 저들이 생명의 위협을 받자마자 한 선택이, 고작 머리를 박고 사죄를 구하는 것이란 얘기다.

'프로급 노예근성이잖아.'

1년을 넘는 시간을 노예로 살아왔고, 그래야만 살 수 있는 환경이라 만들어진 버릇이었다.

강서준은 이를 비난할 순 없었다. 그저 안타까울 따름이었다.

"이, 이곳입니다. 보아하니 저희들이 마지막인 것 같아요."

　동굴을 빠져나와 어두운 숲속을 가로지르길 한참.

　웨어울프들의 후각을 방해하기 위함인지, 지독한 여러 냄새들을 지나쳐 도착한 장소는 수풀 사이에 가려진 절벽 틈이었다.

　안쪽으로 들어가니 동굴이 또 있었고, 그곳엔 이미 도착한 카게의 단원들이 있었다.

　"기모스! 왜 이리 늦었어?"

　"진짜 무슨 일이라도 난 줄 알았잖아!"

　"후우……."

　늦은 이유를 말하자면, 강서준이 뒤쫓는 웨어울프를 모조리 학살한 탓이었다.

　귀찮게 꼬리를 달고 갈 수는 없었으니까.

　그리고 기모스가 뭐라 말을 꺼내기도 전에, 안센이 다가와 강서준을 보더니 말했다.

　"잘 타일러서 보내라 했더니, 뭘 여기까지 데려와요?"

　"……그렇게 됐어."

　"당신도 제발 정신 좀 차려요. 이 정도면 우리 수준을 알 거 아닙니까. 왜 안 돌아가고 여기까지 쫓아오냐고요."

　강서준은 말없이 어깨를 으쓱했고, 기모스는 안센을 보며 안절부절못하고 있었다.

　그는 한숨을 푹 내쉬더니 말했다.

"됐어요. 이제 와서 돌아가라 할 수도 없죠. 일단 상황이 나아질 때까진 여기에 머물고 있어요."

그러더니 안센은 다른 노예들이 모여 있는 곳으로 돌아갔다.

동굴엔 돌을 깎아 만든 동그란 테이블이 있었고, 그곳을 중심으로 그들은 뭔가 심각한 논의를 잇고 있었다.

가까이 다가가니 그들이 어떤 난관에 봉착했는지도 알 수 있었다.

"이대로면 레일리 쪽은 전부 죽은 목숨이야. 어떻게든 해야 해."

"이건 함정이야. 딱 봐도 인질을 붙잡고 쇼를 하는 거잖아."

"그걸 누가 몰라? 그렇다고 그대로 놔둘 수는 없잖아!"

혹시 모든 인원이 탈출하진 못한 걸까. 그중 붙잡힌 몇몇의 사람들이 인질이 되었고, 간수들이 이를 무기 삼아 안센을 내놓으라 협박하는 모양이었다.

"안센. 이건 단순히 우리 애들만의 문제가 아니야. 저들은 광산의 노예들도 인질로 잡았어."

"……알아. 내가 나서질 않으면 모두 죽이겠다고 했으니까. 빈말은 아니겠지."

문제는 안센이 카게의 중심이나 다름없다는 것이다.

비록 전처럼 용맹하게 싸우진 못해도, 여태 노예들을 물심

양면 지켜 온 건 사실이니까.

　카게 단원을 제외하고도 많은 노예들이 안센의 말을 따르고, 간수들도 안센을 붙잡으려 하는 이유가 거기에 있었다.

　"안센. 네가 붙잡히면 우린 정말 끝이야. 놈들에게 끌려다니다 죽게 될 거라고."

　안센의 미간은 점점 깊어졌다.

　고민이 길수록 한숨은 늘어났고, 시간이 부족한 만큼 초조한 기색도 역력했다.

　그는 결단을 내려야 했다.

　"가야겠어."

　"안센!"

　"친구도 구하질 못하면서 누가 누구를 구해. 난 갈 거야."

　"현명하게 생각해! 소수를 구하다 모두를 잃는 수가 있어!"

　현재 카게의 분위기는 반반이었다.

　동료를 구하는 게 마땅하다는 쪽과, 냉정하게 판단해서 그들을 포기해야 한다는 쪽.

　안센은 한숨을 푹 내쉬었다.

　"미안하지만 난 친구를 포기하지 않을 거야. 이 생각은 변하지 않아."

　그는 좌중을 쭉 둘러봤다. 그를 바라보는 노예들의 시선을 고스란히 받아들이며 확고한 말투로 말을 이어 나갔다.

"우린 이미 한 번 포기해 봤잖아. 친구를 잃어 봤잖아."

"……."

"도망쳐서 나아질 건 없어."

잠시 노예들 사이로 적막이 내려앉았다. 고민이 많은 얼굴은 이내 결심이 굳은 표정으로 변했다.

"그래, 한 번 죽지 두 번 죽냐."

"비루한 목숨…… 더 살아 봐야 의미는 없지."

"여태 살아온 것도 대단한 거야!"

그들의 눈엔 더는 노예근성 따위는 없었다. 죽음을 무릅쓴 열사와도 같은 표정으로 숭고하게도 죽음을 논하고 있었다.

"가자! 한번 해 보자고! 죽는 게 뭐 대수냐!"

"그래! 앞으로 살아 봤자 얼마나 더 살아?"

분위기는 기세를 타고 광기로 넘어가고 있었다. 안센도 감화된 듯 그들과 시선을 마주하며 주먹을 높이 들었다.

"그래! 한번 죽어 보자!"

"우와아아아아아!"

따라서 함성을 지른 노예들은 금방이라도 달려 나가 죽음을 불사할 것만 같았다.

걷잡을 수 없는 들불처럼 노예들이 기세등등하게 자리에서 일어났다.

그들의 함성은 증폭되고, 안센을 필두로 무기를 꼬나 쥔 채로 동굴을 나섰다.

목적지는 광산.

동료를 구하겠다는 일념으로 움직이는 노예들은 목에 칼이 들어와도 멈추지 않을 듯했다.

"흐음……."

그 뒤를 쫓는 강서준의 시선은 말없이 착 가라앉고 있었다.

올랑 그리브

광산엔 크게 두 부류의 노예가 있었다.

우선 오늘날 몬스터에게 자유를 착취당해 끊임없이 일만 해야 하는 이들.

대략 15만 명에 다다르는 후쿠오카의 생존자들 대다수를 '평노예'라 불렀다.

'신분 상승의 기회는 없고, 그저 죽을 때까지 각종 노역에 시달려야 하는 자들.'

처음엔 각국의 인종도 다양하여, 평노예 안에서도 세분화된 분류가 있었지만…… 1년쯤 지나니 꾀죄죄한 몰골로 죽어 가는 처지만 같은 그들이었다.

"그만 뻗대고 너도 이쪽으로 넘어와. 이미 인간이 대세인 시대는 끝났다고."

"크으윽……!"

"자꾸 이럴 거야? 일단 살아야 할 거 아니야!"

평노예 '배성민'은 눈앞에서 잘 꿰매진 헝겊을 입은, 그의 옛 친구 '김현'을 바라봤다.

그는 가래를 끌어 칵 뱉으며 말했다.

"더러운 손 안 치워?"

배성민은 진심으로 불쾌하다는 듯 김현의 손을 쳐 냈다. 그리고 바들바들 두려움에 떨고 있는 평노예 무리로 섞여 들어갔다.

김현의 목소리가 크게 뒤쫓아왔다.

"이번엔 장난이 아니라고! 너 진짜 그러다 죽는다고!"

"……죽여 보라지!"

이를 바득바득 갈면서 김현을 노려본 배성민은 성난 얼굴로 고개를 돌렸다.

광산의 두 번째 부류.

말하자면 이 던전에 순응하기로 한 '상노예'가 있다.

평노예들 사이로는 '쌍놈의 자식들'이라고도 불리는 자들.

"배신자 새끼."

상노예는 같은 노예들을 배신하고, 몬스터에게 알랑방귀를 뀌어 대는 자들이다.

놈들은 제 목숨 하나 건지고자 어떤 해괴한 수작도 서슴지 않는다.

배성민은 김현이 저지른 비겁한 배신을 아직도 잊을 수 없었다.

'너 때문에 준호가 죽었어.'

배성민, 김현…… 그리고 송준호.

세 사람은 후쿠오카에 여행을 온 오랜 친구 3인방이었고, 드림 사이드 2가 오픈한 당일 똑같이 이곳에 억류된 처지였다.

그리고 나름대로 드림 사이드에서 이름을 알리던 플레이어인 '송준호'는 김현이 판 함정에 빠져 허무하게 죽어 버렸다.

"나도, 나도 살고 싶어서 그랬어. 배성민! 넌 내 심정 이해해 줘야 하는 거 아니냐?"

"……지랄하고 있네. 이 씨!"

한편 비슷한 분위기의 대화는 곳곳에서 벌어지고 있었다.

평노예와 상노예. 그 구분이 지어진 건 그들에게만 국한된 일이 아닌 것이다.

괜히 '쌍놈의 자식들'이라 불릴까.

평노예의 대다수는 믿었던 상노예에게 배신당한 기억을 패시브로 갖고 있었다.

"알리브! 제발 내 말 좀 들어! 늑대들의 분위기가 심상치 않다고!"

"픽스…… 제발 말 좀 들어!"

동료를 배신할 땐 언제고, 이제 와서 소중한 사람인 척…… 혹은 그들을 구하려는 것처럼 말하는 꼴이 참으로 가증스럽기 그지없었다.

배성민은 이젠 아예 김현 쪽으로는 시선도 주지 않았다.

그리고 평노예들의 흐름에 이끌려 광산 인근의 큰 광장으로 들어설 수 있었다.

이미 여러 구역의 노예들이 끌려왔는지 수많은 인파가 한곳에 내몰려 있었다.

배성민은 멀리 단두대 같은 것 아래로 낯익은 노예들 몇몇이 붙잡힌 것도 보았다.

대번에 상황을 짐작했다.

'설마…… 카게가?'

카게는 노예들 사이에서 공공연하게 알려진 비밀 집단이다.

비록 거의 궤멸된 뒤로는 노예들의 뒤를 봐주는 소소한 해결사 집단으로 알려졌지만.

그것만으로도 노예들에겐 큰 희망이었다.

가끔 하루 종일 일하고도 늑대들이 밥을 안 줄 때가 있었는데, 굶어 죽을 지경이면 꼭 카게가 기꺼이 음식을 훔쳐 왔었다.

'약이 부족하면 약을 구해 왔고, 가끔은 목숨이 위태로운 노예들을 빼돌리기도 했지.'

전면전을 벌이진 못할 뿐.

점조직처럼 널리 퍼진 카게는 실상 노예들에겐 유일하게 남은 실낱같은 희망이었고, 기둥이었으며, 단 하나의 화두였다.

단두대에서 노예들을 가만히 내려다보던 대략 3m는 될 법한 크기의 웨어울프가 입을 열었다.

—앞으로 10분이다.

음성에 마력이 담겼을까. 온몸이 송두리째 얼어붙는 기분에 배성민은 잠시 숨을 헐떡였다.

괴물 같은 시선은 감히 마주치지도 못하는 스스로의 모습에 분하면서도, 어쩔 수 없는 현실에 대한 무력감이 무럭무럭 자라났다.

'올랑 그리브.'

이곳 광산의 총책임자이자, 하이 웨어울프 중에서도 가장 레벨이 높은 위대한 존재.

화나면 검은색 갈기로 변하는 그의 흑철 모피는 그가 자랑하는 강력한 무기였다.

그리고 올랑 그리브가 나섰다는 건, 김현의 말마따나 이번 일이 보통 일이 아니라는 걸 시사한다.

올랑 그리브는 어지간한 일이 아니고서야, 노예들의 앞에 나서는 경우가 없었으니까.

올랑 그리브는 으르렁대며 말했다.

–나와라. 안센! 이들 모두를 죽일 셈이냐?

평노예 사이로 금세 소란이 일었다. 안센이란 이름은 그들에게도 유난히 특별했기 때문이다.

'천외천 안센.'

물론 게임 속에서만큼 강한 무력을 가진 건 아니었으나, 이곳에 살아가는 노예 중 안센의 도움을 받질 않은 자가 있을까 싶다.

배성민은 이 모든 상황이 안센을 꿰어 내기 위한 함정이란 것도 꿰뚫어 볼 수 있었다.

'……괜찮아. 안센 님은 나타나지 않아.'

그를 비롯한 평노예들은 겨우 진정하며 불안한 심정을 정돈했다.

그들이 아는 안센은 사리분별이 정확하다.

대책도 없이 제 목숨을 던지는 부질없는 선택을 하는 사람은 아니었다.

카게의 단원들도 이를 잘 아는지 순순히 죽음을 받아들이는 눈치였다.

'안센은 오지 않아.'

그리고 이는 섭섭한 마음보다는, 노예들의 마음에 안도를 주고 있었다.

안센이 무사하다면 카게도 무사한 것이고, 그들의 희망은 꺼지질 않는 것이니까.

-숫자를 세겠다. 나타나지 않으면 1분에 한 명씩 죽인다.

올랑 그리브는 이 상황을 즐기기라도 하듯 허리춤에 걸린 칼을 뽑아 들었다.

날카롭게 갈아 두지도 않아 투박한 칼. 노예들을 쉽게 죽이지 않고 거의 뜯어 죽이겠다는 의도로 일부러 그런 형태를 유지하는 올랑 그리브만의 흉악한 검이었다.

-10, 9, 8······.

카운트는 속절없이 이어졌고, 올랑 그리브는 약간 실망한 표정으로 좌중을 둘러봤다.

그리고 이내 씨익 웃으면서 검을 위로 들었다.

사실 올랑 그리브에게 있어, 안센의 등장은 그다지 중요한 게 아니었다.

그저 인간들의 희망이 부질없이 망가지는 꼴이, 그게 그저 그에게 유쾌한 쾌락을 준다.

그 모든 장면을 보고도 아무것도 할 수 없는 평노예 배성민은 입술을 잘근 깨물었다.

'······안 돼.'

그렇게 비참한 장면이 느릿하게 이어지고, 카게 단원의 머리 위로 검이 떨어지려 할 즈음이었다.

"그만."

돌연 그 검을 막아선 새로운 인물을 발견할 수 있었다.

어찌나 빠른지 눈 깜빡할 사이에 그 자리에 나선 모습은 꽤 거리가 멀어 그 얼굴까지 확인하진 못했다.

하지만 이 상황에서 나설 인물은 어쩌면 단 한 명밖에 없으리라.

"아, 안센 님이……!"

"안 됩니다! 안센 님!"

"안센 님! 도망쳐요!"

평노예들은 저도 모르게 앞으로 나섰고, 그 흐름은 걷잡을 수 없이 커져 단두대를 향해 나아갔다.

다만 웨어울프들이 앞에 서니 평노예들도 결국 이러지도 저러지도 못한 얼굴로 발을 멈춰야만 했다.

사람들의 시선은 단두대로 향했다.

그리고 이목구비를 확인할 수 있을 정도로 가까워지자, 평노예들의 얼굴엔 동시에 의문이 떠올랐다.

갑자기 난입하여 올랑 그리브의 검을 막아 낸 사내.

"……누, 누구?"

그는 안센이 아니었다.

그 시각, 안센은 당황스러운 눈으로 단두대 위를 올려다보고 있었다.

현재 카게는 이 근방에 몰래 잠입하여 모든 상황을 조용히 지켜보고 있었다.

모든 일엔 순서가 있고, 목숨을 내던지러 온 그들이라고 해도 부질없이 싸울 생각은 없었다.

어떻게든 혼란을 야기하고 그 와중에 노예들만 빼돌리면 그만.

그를 위한 절차는 현재 진행 중이었고, 조금만 더 기다린다면 광산의 일부가 무너질 예정이었다.

시간이 조금 필요한 일이라, 아무래도 카게 단원이나 노예 몇몇의 희생은 예상하고 있었다.

이는 안센과 단원들이 모두 합의한 내용이었고, 현실적으로 더 많은 다수를 살리기 위한 부득이한 선택이었다.

"근데…… 왜 쟤가 저기에 있어?"

세상에 겁이 없어도 저토록 없을 수 있단 말인가.

이 던전을 공략한다는 황당한 말을 내뱉을 때부터 알아봤어야 했는지도 모른다.

저 남자는 단순히 오만한 게 아니라, 미친 거라고.

안센은 옆을 돌아보며 물었다.

"작전은 어떻게 되고 있죠?"

"……거의 마무리됐습니다. 이제 조금만 더 기다리면."

"시간 없어요. 그냥 터트려요!"

"네?"

"이미 작전은 실패입니다! 저 머저리 때문에 모두 죽을 판이라고요!”.

　그가 왜 일을 벌이기 전에 광산부터 무너뜨리려 했을까.

　전부 올랑 그리브를 견제했기 때문이다.

　녀석의 스킬은 주로 ‘소리’를 이용하고, 이로부터 자유로우려면 큰 폭음과 무너지는 광산의 소음 정도는 필요했다.

　기이이이잉!

　하지만 너무 늦어 버린 걸까.

　안센은 귀를 찌르는 기묘한 소음에 괴로워하며 귀를 붙잡았다. 수많은 평노예도 같은 처지에서 비명을 질러 댔다.

　[엘리트 몬스터 ‘올랑 그리브(A)’가 스킬, ‘하울링(A)’을 발동합니다.]

　듣는 것만으로도 심장이 쥐어뜯기는 기분이었다.

　귀에서 피가 흐르는 건 착각이 아니었고, 평노예들의 무릎은 쉽게 꺾여 바닥에 주저앉아야만 했다.

　그나마 안센은 귀에 장착한 아이템 덕분에, 하울링으로부터 다소 멀쩡할 수 있었지만……

　문제는 하울링의 무서운 기능은 이제부터 시작한다는 것이다.

　[스킬, ‘하울링(A)’에 적중당했습니다.]

　[신체의 제어권을 빼앗깁니다.]

[당신은 엘리트 몬스터, '올랑 그리브'의 명을 거역할 수 없습니다.]

하울링은 그 소리가 울리는 동안, 아주 파괴적인 위력을 발휘하는 스킬이었다.

듣는 이로 하여금 꼭두각시와도 같은 상태로 만드는, 터무니없는 기능을 가진 기술.

이제 그들은 올랑 그리브가 죽으라면 죽어야 했고, 서로를 죽이라면 죽여야만 한다.

'돌겠네…… 저 머저리 하나 때문에 이게 다!'

입도 벙긋하지 못한 채로 안센은 단두대 위를 올려다봤다.

올랑 그리브의 성난 시선과 어느덧 쭈뼛 선 그의 검은 갈기가 눈에 띄었다.

가히 꿈에 나올 법한 공포스러운 장면에 오금이 저렸다.

그리고 안센은 의문을 품었다.

'……왜지?'

그가 광산을 무너뜨리고 하울링에 대처하겠다는 건, 어디까지나 가능성의 얘기다.

만약 당한다면 속수무책이었으니, 대책을 세워 두고 실행했을 뿐이다.

사실 올랑 그리브가 하울링을 사용할 거란 장담은 그 어디에도 없었으니까.

녀석은 노예를 갖고 놀기를 좋아하는 잔인한 늑대였고, 그저 인형이 되어 버릴 뿐인 하울링은 잘 쓰질 않는 편이었다.

이 스킬에 적중당한 상대는 요리하기 너무 쉬워, 재미도 싱거워진다는 이유였다.

'근데 바로 하울링을 썼잖아?'

심지어 전신을 흑색 갈기로 뒤덮은 건, 그가 아예 전투 모드로 들어섰다는 걸 말한다.

여기까지 떠올렸을 때, 안센의 의문은 꼬리를 물고 새로운 결론에 다다르기에 이르렀다.

'대관절 무엇으로부터 저리 반응하는 거지?'

안센의 시선은 올랑 그리브의 앞에 선 남자에게 향했다.

하울링을 가장 가까이에서 맞았고, 아무래도 제일 커다란 대미지를 입었을 노예.

거짓말같이 그가 움직이고 있었다.

그는 살벌한 말투로 말했다.

"지금부터 한 놈도 움직이지 마라. 손끝 하나라도 움직이면……."

차츰 그의 주변으로 푸른 불꽃이 타오르기 시작했다.

어느덧 평노예들과 간수 사이를 가로막은 불길은, 점차 어떠한 형상을 갖추고 있었다.

그중 안센은 강서준의 옆으로 나타난 한 인영을 살펴볼 수 있었다.

푸른 불꽃을 검에 두르고 있는 존재.

다소 비현실적인 장면을 앞에 두고 안센은 저도 모르게 한 단어를 떠올리고 말았다.

'도깨비?'

그리고 남자는 올랑 그리브를 향해 서늘하면서도 섬뜩한 음성을 냈다.

"……죽는다?"

이에 화답하듯 사방에 흩어진 푸른 불꽃이 화르륵 일렁이고 있었다.

◈

배성민은 갑작스럽게 전개된 상황에 눈만 껌뻑이고 있었다.

[엘리트 몬스터 '올랑 그리브(A)'가 스킬, '하울링(A)'을 발동합니다.]

별안간 들려온 소음에 귀가 찢어지는 것 같았고, 금세 몸이 제멋대로 흐느적거렸다.

단단한 고체 같았던 정신을 물로 바꾼 것처럼, 배성민은 흐려지는 의식 속에서 겨우 앞을 바라봤다.

'끝이구나…… 다 끝난 거구나.'

소문으로만 들어 본 올랑 그리브의 하울링을 정면으로 맞아 버린 상황이었다.

들던 대로 신체의 자유는 사라졌고, 이제 그들은 몬스터가 하라는 대로 해야만 하는 인형이 되어 있었다.

죽음은 목전에 다다라 있었다.

아니, 그렇게 생각할 때였다.

츠츠츠츳!

배성민은 코앞에서 푸른 빛과 함께 나타난 뭔가를 볼 수 있었다.

그 덩치는 제각각이고 형태도 전부 달랐지만, 하나같이 등 짝만을 보여 주는 이들.

잠시 시선을 집중해서 그 정체를 확인해 본 배성민은, 소리 없는 비명을 질렀다.

'……모, 몬스터?'

모르긴 몰라도 가장 가까이에 있는 녀석의 입은 마치 악어의 입처럼 길게 나와 있었다.

뒤쪽으로 길게 자란 꼬리는 이리저리 흔들렸고, 피부는 뱀의 껍질처럼 오돌토돌했다.

실물로 보는 건 처음이지만, 배성민은 눈앞의 존재가 무언지 바로 알아차렸다.

'리자드맨!'

그가 경악할 일은 아직 끝나지 않았다.

리자드맨의 옆엔, 황당하지만 웨어울프부터 고블린, 오우

거, 오크 따위의 몬스터가 서 있었다.

각양각색의 몬스터가 평노예의 주변을 둘러싸고 바깥을 경계하는 태도를 취했다.

몬스터의 정체를 파악한 건 배성민만이 아니었다.

"모, 몬스터다!"

"으아아아앗!"

화들짝 놀란 평노예들이 비명부터 지르며 뒤로 물러났다.

그들은 '하울링'의 효과가 언제부터 소멸됐는지, 그 사실을 알아차릴 틈도 없었다.

수많은 노예가 기겁하며 뒤로 물러나면서, 그들은 이러지도 저러지도 못하는 흐름에 끼이고 말았으니까.

중간에 끼어 고생하는 이들이 속속 등장했고, 몇몇은 죽을 것만 같은 얼굴을 했다.

배성민도 당황하며 그 흐름에 끼어 있었지만, 시간이 흐르자 그 흐름도 결국 멈추고 있었다.

"……포위됐어."

왜냐면 몬스터는 앞뒤, 양옆으로 평노예를 둘러싸고 있었으니까.

크르르륵……!

하지만 정작 몬스터들은 평노예에겐 일절 관심을 주질 않았다. 그저 밖을 향해 흉포한 울음을 흘릴 뿐이었다.

몬스터들의 커다란 덩치 너머로 간수들, 그러니까 웨어울프들의 목소리가 들려왔다.

－네놈들은 누구냐! 어디서 이런 놈들이⋯⋯!

－키아아아앗!

웨어울프로 구성된 간수와, 푸른 빛을 머금은 영혼 부대의 전투는 지금 막 시작한 참이었다.

～～～

강서준은 순식간에 요란스러워진 광장을 둘러보며 낮게 한숨을 뱉어 냈다.

"말을 들어 먹는 놈이 없네."

움직이지 말랬더니 더더욱 적극적으로 반발하는 웨어울프들이었다.

하기야 몬스터에게 "멈춰!"라고 외친들 진짜 멈출 놈이 있을까.

올랑 그리브도 짜증 섞인 얼굴로 강서준을 노려보고 있었다.

－어떻게 멀쩡한 것이냐?

"그걸 알면 네가 고작 이런 곳에서 약한 사람들이나 괴롭히고 있었겠냐."

－좋다. 안 그래도 심심하던 차!

올랑 그리브는 하울링이 통하지 않는다는 게, 되레 만족스러운 눈치였다.

그럴 만했다.

놈은 노예들을 장난감으로 여기는 존재였고, 그 장난감에 슬슬 싫증이 나던 상태였으니까.

노예들의 무의식을 통해 알아낸 '올랑 그리브'란 몬스터는 인간의 절망스러운 비명을 즐기는, 역겨운 취미를 가지고 있었다.

―넌 날 얼마나 즐겁게 해 줄 것이냐?

입꼬리를 실실 올려 대며 강서준을 응시하는 눈빛엔 형용할 수 없는 광기가 일렁였다.

재밌는 장난감이라도 발견한 듯한 그 표정에 강서준은 어깨를 으쓱했다.

"재미없을걸."

강서준이 한 말이 아니었다. 어느덧 앞으로 나선 라이칸은 히드라의 마검을 뽑아 들고 날카로운 눈빛으로 말하고 있었다.

"원래 지는 게임은 재미없거든."

라이칸은 올랑 그리브에게 쇄도하더니 검을 내리찍었다. 녀석이 손톱을 뽑아 공격을 막자, 충격파가 생겨 주변의 잡기가 무너졌다.

―넌 또 뭐야?

올랑 그리브의 물음에 라이칸은 싸늘하게 답했다.

"짐승 따위가 알 건 없어."

크콰카카카칵!

라이칸은 올랑 그리브를 향해 푸른 불꽃을 흩뿌려 대며, 도깨비 검무를 이어 나갔다.

그 화려한 검무에 올랑 그리브는 연신 뒤로 물러났다. 엄청난 소음이 울리며 사람들의 시선도 그쪽으로 향했다.

그리고 강서준은 사방에서 웨어울프와 전투를 벌이는 영혼 부대에게 한 가지 명을 덧붙였다.

"여긴 상노예란 것들이 있는데, 걔네들까지 지킬 필요는 없다."

이미 자기 목숨을 구하기 위해 동료를 배반한 전적이 있는 자들이었다.

그들이 생존을 위해 이기적인 선택을 했다는 건 안다.

목숨이 위태로운 곳에서의 일이니 어쩔 수 없었다는 것 또한 이해한다.

하지만 구태여 그들까지 끌어안을 생각은 없었다.

'컴퍼니 같은 놈들.'

한 번 배신한 자는 두 번 배신할 수 있다.

동료를 팔아 살았으니, 그에 따른 책임도 그들에게 있다.

'생존의 방식은 여러 가지겠지만, 너희들이 한 결정은……
너희들이 책임져야 할 거야.'

그들을 배신자라고 매도해서 죽이진 않겠지만, 그들이 위험에 빠져도 돕지 않을 것이다.

―네놈…… 재밌구나!

"입 닥아라. 냄새 난다."

잠시 올랑 그리브와 접전을 벌이는 라이칸을 살펴본 뒤, 강서준은 멍하니 선 채로 굳은 안센에게 다가갔다.

그는 어안이 벙벙한 눈으로 강서준을 바라봤다.

"다, 당신은 대체……."

"말했잖아요. 던전을 공략한다고."

"아니, 그럼 그게 진짜?"

"나머진 일을 끝내고 차차 얘기하도록 하죠."

강서준은 인벤토리에서 상급 포션을 꺼내어 안센에게 건넸다.

알게 모르게 크고 작은 상처가 가득했던 그는, 포션을 받아 들고 더더욱 놀란 눈을 떴다.

"이건 또 어디서?"

"일단 단원들을 모아 주세요."

"네?"

"나눠 줄 게 있어서 그래요."

그리고 카게를 한자리에 불러 모으는 건 어려운 일이 아니었다.

이미 일을 그르쳤다고 판단된 시점에서, 그들은 안센의 곁으로 일단 모여들고 있었으니까.

카게는 전장을 둘러보며 각자 탄식을 흘리며 입을 열었다.

"허어, 이게 다 어찌 된 일이랍니까?"

"몬스터들이 우릴 지켜 주고 있어요!"

"……세상 오래 살고 볼일이네."

강서준은 그들을 향해 말했다.

"다들 이것 좀 챙겨요."

곧 그는 인벤토리를 열어 포션을 대량으로 꺼내어 바닥에 늘어놓기 시작했다.

"상태가 중증인 사람을 우선으로 지급합니다."

뒤이어 강서준은 음식도 다량으로 꺼내었다. 처음엔 신기하단 표정을 짓던 이들도 점차 경악할 수밖에 없었다.

"……쌀?"

"빵이다. 진짜 빵이야!"

"허어억…….."

또한 쏟아지는 음식을 보며, 저도 모르게 눈물을 흘리는 자들도 더러 나타났다.

뭐, 반응은 이해할 만했다.

이곳에서 노예들에게 지급되는 식량이 무언지 강서준도 받아 봐서 알고 있었다.

'어떻게 하루 종일 고생해서 일한 사람한테 고작 벌레 따위를 뭉쳐 만든 음식을 주냐고.'

한겨울 내내 달리는 기차의 꼬리 칸에서 받아먹는 바퀴벌레 양갱도 이보다 정성스럽게 만들어졌을 것이다.

"오 주님……."

카게는 그렇게 오병이어의 기적을 보듯, 강서준을 향해 경이로운 시선을 보내왔다.

강서준은 그렇게 대충 여러 박스를 늘어놓고 말했다.

"일단 이 정도만 꺼낼 테니 알아서 배분해요. 부족하면 말하고요."

"……더 있어요?"

"네. 많아요."

이번 던전 공략을 위해서 다량의 보급을 챙겨 왔다.

공략 이전엔 탈출할 수 없다는 특징 때문에라도, 보급은 불가피한 상황을 대비하여 미리 잔뜩 챙겨 온 것이다.

게다가 아직 차원 서고의 2층, 그곳의 상자는 사용할 수 있었으니 아이템의 숫자는 제약이 거의 없었다.

문득 음식을 받아 기뻐하던 노예 한 명이 강서준을 보며 의문을 품었다.

"근데 당신은 대체 누구십니까?"

하지만 강서준은 그 대답에 답하지 않았다. 올랑 그리브와 라이칸의 전투가 점차 끝 무렵에 다다랐기 때문이었다.

-크하하하! 도깨비 주제에 꽤 강하구나!

"……."

-하나 넌 내 상대가 안 된다!

아쉽게도 올랑 그리브의 수준은 라이칸보다 높았고, 그 힘도 더 강했다.

그나마 전투 센스로 여태 버텨 왔지만, 스텟 쪽에서 전반적으로 밀리고 있는 것이다.

라이칸은 신음을 흘리며 말했다.

"입 닫으라고 했다."

두 눈을 번뜩인 라이칸은 돌연 자세를 잡더니, 꽤 익숙한 기술을 사용하기 시작했다.

그의 몸에서 마력이 진동했고 점차 그의 전신으로 확장됐다.

라이칸은 지금, 강서준이 사용하던 '맹수의 울음'과 '광속'을 따라 하고 있었다.

[백귀 '라이칸'이 스킬, '태산 가르기(F)'를 발동합니다.]

백귀는 영혼이 연결되어 있고, 그 생각은 공유되기 마련이다.

또한 숱한 전투로 인해 라이칸의 머릿속에도 태산 가르기의 이론은 정립되어 있었다.

강서준은 꽤 대견스러운 표정으로 전장을 바라봤다.

날카로운 검격에, 올랑 그리브가 당황하며 겨우 팔을 엑스 자로 교차하는 게 보였다.

스가각!

그러나 역시 태산 가르기였다.

흑철로 강화된 올랑 그리브의 몸을 통째로 베어 내고, 그 심장까지 찢어 버렸으니까.

츠츠츠촛!

문제는 심장이 찢어진 올랑 그리브가 두 눈을 붉게 물들이며, 라이칸을 노려보고 있다는 것이다.

순식간에 움직인 그의 덩치는 걷잡을 수 없이 커졌고, 한 차례 진력이 빠진 라이칸은 힘없이 이를 올려다봤다.

-크하하하! 역시 재밌어! 도깨비야······ 더 놀아 보자!

그러나 그 자리엔 이미 강서준이 나타나, 다가오는 올랑 그리브를 올려다보고 있었다.

그는 창졸간에 말했다.

"얕았어."

"······죄송합니다."

"아니야. 잘했어."

강서준은 진심으로 라이칸을 칭찬하고 싶었다.

라이칸의 수준으로는 결코 올랑 그리브를 이길 수 없어야 정상이니까.

올랑 그리브는 A급 몬스터 중에서도 상위권에 해당하는 개체.

제아무리 A급 수준이 됐다고는 해도, 원래 A급 사이에서도 그 수준 차이는 극명한 법이다.

강서준이 굳이 라이칸에게 전투를 시킨 이유는, 적당한 전투 경험을 쌓아 주기 위함이었다.

즉 라이칸이 올랑 그리브를 3페이즈로 이끌어 낸 것만으로도 목적은 충분히 달성했다.

강서준은 씨익 웃으며 말했다.

"그러니 기죽을 거 없다."

"와, 왕이시여……."

강서준은 어느덧 완전한 덩치를 키운 올랑 그리브를 올려다봤다.

수많은 어둠을 삼킨 것처럼 거대한 늑대가 된 녀석은, 무식한 힘을 자랑하며 그 존재감을 주장했다.

스킬을 발동하지 않아도 하울링이 들렸고, 그것만으로도 주변 사람들이 괴로워했다.

심지어 같은 몬스터인 웨어울프들조차 괴성을 질러 대며 피눈물을 흘렸다.

놈이 강서준을 내려다보며 말했다.

─인간은 빠져라. 난 도깨비에게 관심이 있다.

"흐응……."

강서준은 녀석의 말에 답하지 않았다.

새삼스럽지만 자신의 수준이 얼마나 높아졌는지 실감하는 데에 바빴기 때문이다.

'한 점의 흘림도 없군.'

무협으로 보자면 '반박귀진의 경지'라 할 것이다.

이미 힘의 수준이 극에 달해, 이를 안으로 갈무리할 수 있어 겉으로 보기엔 아무것도 없는 것처럼 보이는 상태.

그 때문에 그보다 수준이 훨씬 미천한 올랑 그리브 따위는 강서준의 강함을 알아볼 수 없다.

"라이칸, 잘 봐 둬."

강서준은 가볍게 재앙의 유성검을 꺼내었다. 그의 눈이 금빛으로 물들고 빠르게 마력이 진동했다.

올랑 그리브가 가소롭다는 듯 덩치를 부풀려 그에게 손톱을 휘두르고 있었다.

ㅡ도깨비야! 더 놀아야 하지 않.

하지만 거기까지였다.

"태산은 이렇게 가르는 거야."

별다른 준비 동작도 없이 휘두른 강서준의 단검은, 대번에 그 큰 덩치를 양단하고 말았으니까.

스거억!

[엘리트 몬스터, '올랑 그리브(A)'를 처치했습니다.]

단 일격이었다.

레벨만 4000이 넘는 용

안센은 순간 꿈인가 싶었다.

'그 올랑 그리브가……'

광산의 총책임자인 올랑 그리브는 노예들에게 있어 공포 그 자체였다.

개미가 코끼리를 올려다보듯 녀석은 노예들에게 있어 아예 격이 다른 존재!

감히 항거할 수도 없고, 어찌 대항할 힘조차 없다.

올랑 그리브는 불가항력이었고, 반년 전 그들의 동료가 속수무책으로 죽는데도 그저 방관할 수밖에 없었던 이유였다.

그러니 어찌 믿을 수 있겠는가.

스거어억!

그 어마어마하던 괴물이 단말마의 비명도 못 지르고 단칼에 데이터 쪼가리로 변하는 걸.

"허어……."

대뜸 이런 의문도 들었다.

'혹시 올랑 그리브가 약했던 건 아닐까?'

노예들이 괜히 지레짐작해서 올랑 그리브를 신격화했는지도 모르는 일이다.

사실 모두 합심해서 전력으로 달려들었다면, 또는 기습으로 반전을 노렸다면?

조금 더 노력해서 레벨을 아주 약간 더 올렸더라면…….

어쩌면 그들도 올랑 그리브를 처치할 수 있었던 건 아닐까.

괜히 겁을 먹었던 건 아닐까?

'……그럴 리가 없잖아.'

안센은 미간을 구기며 한숨을 삼켰다. 여태 그가 겪어 온 과거를 부정할 만큼 이곳에서 살아온 나날이 어설프진 않았다.

'우린 최선을 다했어.'

드림 사이드 2가 오픈하고 던전에 사로잡힌 이후로, 그들은 매일 목숨을 걸고 버텨야 했다.

수시로 그들을 핍박하는 웨어울프나 여타 다른 몬스터들로부터 살아남는 게 어디 쉬운 일이었을까.

'처음엔 던전도 공략하려 했다고!'

사실 카게도 희망을 품었던 적이 있었다.

그땐 노예들을 해방시키겠다는 일념도 확실했고, 그에 따른 준비도 철저히 했다.

어떻게든 이 던전을 공략해서 지구로 돌아가겠다는 목적도 있었다.

간간이 간수들을 쓰러트려 레벨 업도 하고 스킬의 숙련도를 올리려고 노력도 했었다.

'우린 그저 실패했을 뿐이야.'

반년 전, 부득이하게 벌어진 간수들과의 전투로 인해 카게는 궤멸에 가까운 타격을 입었다.

아니, 전투라 하기도 뭣하다.

그건 하이 웨어울프를 다루는 올랑 그리브의 일방적인 학살에 가까웠으니까.

살아남기 위해 그토록 고생했던 그들의 노력은 단 하나의 괴물에 의해 무너졌다.

올랑 그리브는 그런 존재였다.

'……그러니 어떻게 믿겠냐고.'

잠시 전장에 적막이 흘렀다.

그들의 대장이 죽었기 때문일까?

웨어울프로 구성된 간수들도 당황을 금치 못하고 단두대 위를 바라보고 있었다.

몸의 절반은 그대로 양단된 올랑 그리브는 이젠 아무런 울음도 뱉을 수 없었다.

안센은 놈을 단칼에 베어 버린 남자의 단검을 볼 수 있었다.

그리고 그 선명한 생김새를 오랜 기억에서 단박에 떠올리고야 말았다.

'……재앙의 유성검!'

드림 사이드에서 가장 유명한 무기. 단 한 사람의 아이덴티티와도 같은 아이템.

단연 대장장이었던 그가 몇 번이나 수리를 해 주려고 망치로 두드려 본 기억도 있다.

안센은 새삼스러운 눈으로 올랑 그리브의 시체를 앞둔 남자를 살펴볼 수 있었다.

그제야 모든 상황을 납득할 수 있었다.

'케이.'

랭킹 1위였던 그가 게임 속 모습을 고스란히 간직한 채로 튀어나온 거라면…… 가능할 만한 일이지 않은가.

사실 지금도 노예들 사이로 '랭킹 1위였던 케이는 지금 무얼 하고 있을까'가 가장 궁금했던 것들 중 하나였으니까.

'그렇다 해도 게임과 현실은 다른데…….'

한편 이 모든 상황을 주도한 케이는 나지막이 손을 뻗으며 입을 열고 있었다.

"일어나."

그러자 올랑 그리브의 시체에 푸른 불꽃이 이염되더니, 곧 푸른 빛깔의 몬스터가 서서히 몸을 일으키고 있었다.

안센은 평노예를 지키는 몬스터들을 상기했다.

'설마 그들 전부가……'

모두 케이의 소환수였던 것이다.

⊰⊱

케케묵은 냄새와 잔뜩 이끼가 낀 낡은 대저택.

어둠을 가로지르는 푸른 파도와 같은 한 아이가 있었다.

"여기 유령은 없나?"

창밖으로 비가 쏟아지고 종종 천둥번개도 쳤다. 하지만 한 치 앞도 안 보이는 허름한 복도를 내달리는 그녀의 눈에선 겁이란 찾을 수 없었다.

그도 그럴 게, 세상에서 그녀가 무서운 건 딱 둘밖에 없었기 때문이었다.

"너튜브 보면 꼭 이런 데에 뭐 있던데…… 흐으음."

그녀의 이름은 파랑이.

썩 만족스러운 이름은 아니지만 귀엽다고 해 주는 사람도 많았고, 그 이름을 부르며 간식을 챙겨 주는 사람도 있었다.

이젠 꽤 익숙해진 이름이다.

"이 모퉁이만 지나면…… 이얍!"

한껏 기대를 품고 달려가 봤지만 여전히 보이는 건 새카만 복도의 정경뿐이었다.

촛불이 간간이 켜져 있었지만 그것만으로는 어둠을 밝히기엔 턱없이 모자랐다.

"……재미없어."

파랑이는 축 처진 어깨로 다시 앞으로 걸어갔다. 너튜브로만 보던 신기한 저택 탐사도 한두 시간이면 질리는 법이다.

시간을 세어 보진 못해 얼마나 흘렀는지는 몰라도, 꽤 긴 시간을 복도만 걸었던 그녀였다.

아무런 변화도 없이 반복될 뿐인 어두운 복도는 따분하기 그지없는 장소였다.

"파파…… 파파왕……."

여태 떨어져 본 적이 없어 소중한 줄 몰랐던 두 얼굴이 또렷하게 떠오르고 있었다.

애써 괜찮은 척 해맑게 뛰어다니던 파랑이는 결국 닭똥 같은 눈물을 흐리며 입술을 앙 깨물었다.

"여기 어디야…… 파파."

되돌아오지 않는 메아리는 복도로 번졌고, 파랑이는 새카만 어둠을 정면으로 직시했다.

그 순간, 영원히 반복될지도 모른다는 막연한 공포가 그녀의 앞을 가로막았다.

세상에서 제일 무서운 건 귀신보다도 이 세상에 홀로 남는 것이었다.

"……유령이라도 나와라아."

하지만 파랑이는 울먹이는 얼굴로 조금씩 앞으로 걸어 나갔다. 파파왕이 버릇처럼 했던 말이 떠올랐던 것이다.

아마 진백호라는 인간을 수련시킬 때에, 그에게 강조하듯 언급했던 말이었다.

「"중요한 건 포기하지 않는 거야."」

파랑이는 그 단어를 주문처럼 읊조리며 겨우 발을 내디뎠다. 감정이 가득 섞인 눈물을 또르르 바닥에 흘릴지언정 걸음은 멈추지 않았다.

그리고 놀랍게도 그 눈물은, 바닥에 파문을 일으켰다.

"어…… 어어?"

저도 모르게 눈물에 섞인 마력이 복도에 닿고 또한 이 공간을 유지하는 뭔가에 닿은 것이다.

파르르 떨리던 허공을 응시하던 파랑이는 멀리 복도 끝에서 반짝이는 한 점의 빛을 발견했다.

처음으로 마주한 바깥으로 향하는 문이었다.

"……!"

파랑이는 엄청난 속도로 복도를 가로질렀다. 본능적으로

다리에 마력을 주입했을까. 그 파괴적인 걸음은 공간 자체를 뒤흔들었다.

신기하게도 문은 금세 그녀를 집어삼키듯 다가왔다.

츠츠츠촷!

파랑이가 화들짝 놀라며 잠시 눈을 감았다 떴을 때는 이미 저택의 밖이었다.

"……후웅?"

그리고 가까이 각종 식물이 다양한 모양새로 자리 잡은 거대한 화원을 마주할 수 있었다.

파랑이는 근처에서 바람에 나부끼는 인형처럼 흔들어 대는 커다란 야자수를 보았다.

"우와아아 이게 뭐야?"

잠시 외로움에 사무쳤던 게 기억이 나지 않을 정도로 파랑이는 해맑게 웃었다.

좀 더 둘러보니 화원의 식물은 정상적인 게 하나도 없었다.

어느 나무는 인간의 얼굴을 닮았고, 또 몇몇은 몬스터처럼 울고 있었다.

사족 보행을 하는 식물이 그녀의 앞을 지나가다 굳었고, 나뭇잎으로 부채질을 하던 몇 거목이 조심스레 가지를 아래로 내렸다.

파랑이는 화원을 쭉 가로질렀다.

"히이…… 여기 이상해!"

그녀는 여전히 혼자였지만 극적으로 변한 풍경은 그녀에게 외로울 틈을 주지 않았다.

그리고 실제로도 화원엔 그녀 혼자 있는 것도 아니었다.

"……너는?"

화원의 중앙엔 작고 아담한 집이 있었는데, 그곳에서 꽃처럼 예쁜 여자가 물뿌리개를 들고 있었다.

"사람이다!"

"응?"

"와! 진짜 사람이야!"

파랑이는 폴짝폴짝 뛰어가 여자의 앞에 섰다. 가까이 다가가니 꽃향기가 가득 풍겨 났다.

이곳 화원의 식물에서 나는 냄새인 줄 알았는데, 알고 보니 모든 향기는 이 여자로부터 시작됐다.

"이름이 뭐야?"

"……내가 묻고 싶은 얘긴데."

"왜 여기에 혼자 있어?"

"그것도 내가…… 잠깐만."

친절하게 답해 주던 여자는 금세 얼굴에 예쁜 구김을 만들고, 바로 파랑이의 손목을 잡아끌었다.

의문이 들었지만 파랑이는 일단 그녀를 따라 아담한 집으로 들어갔다.

여자의 태도가 뭔가 다급해 보이기도 했거니와, 그녀도 본능적으로 뭔가를 느낀 게 있었다.

"잠깐 여기에 들어가 있을래?"

여자는 파랑이를 집안 한쪽에 있는 장롱에 넣었다.

문이 닫히고, 다시 새카만 어둠이 생겨났지만 그다지 무섭다는 생각은 들지 않았다.

문 너머로 여자의 목소리가 들렸다.

"조금만 기다려. 곧 꺼내 줄게."

파랑이는 순순히 기다리기로 했다. 멀리 느껴지던 또 다른 인기척이 가까워지고 문 너머로 다른 목소리도 들려왔다.

남자였다.

"유리나. 무슨 일이지?"

"뭘요?"

"마력의 기척을 느꼈다. 가벼운 게 아니야."

파랑이는 조심스레 문틈으로 바깥을 살펴봤다.

예쁜 여자, 그러니까 '유리나'라 불리는 여자 앞에서 자글자글한 주름이 가득한 노인이 연신 집 안을 두리번거리고 있었다.

그 얼굴은 뱀처럼 간교해 보였으나 썩은 나무와 같이 오래된 느낌이 들었다.

유리나가 답했다.

"실수로 물을 쏟았어요. 그때 흘린 것 같아요."

"……무어라?"

"죄송합니다, 밀트 님. 처음부터 다시 할게요."

살벌한 기세로 유리나를 내려다보던 밀트는 짧게 혀를 차더니 몸을 돌렸다.

"됐다. 쉬어라."

"……네?"

"너의 몸은 네 것이 아니다. 함부로 대하지 마라."

밀트는 그 말을 끝으로 화원을 벗어났다. 파랑이도 한참을 장롱에서 기다리니, 유리나가 다가와 문을 활짝 열어 주었다.

"괜찮니?"

"응. 괜찮아."

실제로도 괜찮았던 파랑이의 말에도 유리나의 표정은 영 좋지 않았다.

그녀는 파랑이를 데려다 식탁 앞에 앉히더니, 각종 쿠키를 내오며 말했다.

"어쩌다 너처럼 작은 아이까지……."

"으응?"

"정말 세상이 어찌 되려는 걸까."

한숨을 내쉬던 그녀는 파랑이에게 따뜻한 차와 쿠키를 내주면서 그녀의 머리를 쓰다듬었다.

왠지 그 손길이 굉장히 따스하고 편안하게 느껴져 파랑이는 몸을 부르르 떨었다.

"유리나. 냄새 좋아. 손 따뜻해! 이상해…… 보통 인간한테 이런 기분은 안 드는데."

"응?"

"편안해. 꼭 파파왕 같아."

고개를 갸웃하던 유리나가 물었다.

"파파? 아빠?"

"응! 여기 근처로 같이 왔는데 갑자기 사라졌어!"

"뭐? 아빠가 근처에 계신다고?"

유리나가 화들짝 놀라며 자리에서 일어났다. 그리고 빠르게 바깥으로 달려 나가더니 고개를 두리번거리며 화원을 살폈다.

파랑이도 같이 나오려니 유리나가 다급하게 외쳤다.

"나오면 안 돼! 위험해!"

"왜? 뭐가?"

"어쨌든 위험해! 혹시 아빠를 마지막으로 본 게 어딘지 기억나니?"

파랑이는 곰곰이 생각해 보고 말했다.

"돌무덤?"

그녀가 떠올리는 후쿠오카의 풍경은 딱 그러했다.

"좀 더 자세히 알려 줄 수 있니? 지금 너희 아빠가 위험할 수도 있어!"

"아빠?"

"그…… 파파왕이란 분!"

"에에?"

고롱이의 얼굴이 떠오르고, 그 옆에서 늘 자신만만하게 웃고 있던 강서준의 얼굴이 떠올랐다.

만약 두 사람이 위험하다면 어떻게 해야 하지? 새삼스러운 공포가 다시 고개를 바짝 들려고 할 때였다.

투드드득.

바닥이 흔들리면서 뭔가가 위로 올라오고 있었다. 파랑이가 먼저 발견했고, 유리나가 뒤늦게 눈치채더니 이쪽으로 달려왔다.

"위험해!"

하지만 바닥을 뚫고 무언가가 올라오는 게 훨씬 빨랐다.

순식간에 먼지구름에 휩싸였고 유리나의 탄식이 뒤늦게 들려왔다.

"응?"

그리고 파랑이는 땅을 뚫고 올라온 무언가를 마주할 수 있었다.

키는 그녀와 비슷한 꼬마.

아직 윤곽밖에 안 보였지만 묘하게 낯이 익었다.

잠시 미간을 좁히던 파랑이는 나지막이 중얼거렸다.

"……로켓?"

안센은 초조한 얼굴로 물었다.

"정말…… 당신이 그 케이라고요?"

모여들었던 웨어울프들이 전멸한 지 얼마 안 된 시점이라 더욱 고요했을까. 사람들의 시선은 은연중에 강서준을 향해 있었다.

알 수 없는 복잡한 감정이 담긴 노예들의 시선 속에서 강서준은 어깨를 으쓱이며 답했다.

"네, 뭐……."

숨길 것도 없는 얘기였다.

그리고 대답을 들은 안센은 여전히 놀람을 감추지 못한 얼굴로 입을 열었다.

"허어, 정말 믿기지 않는군요. 그 케이가 현실에 나타날 줄이야. 그것도 레벨이나 힘도 비슷하게……."

"그렇게까지 놀랄 일인가요?"

"당연하죠! 게임과 현실은 엄연히 다른 영역이니……."

안센은 한숨을 쉬더니 말을 이었다.

"이곳에도 랭킹에 올랐던 플레이어는 더러 있었습니다. 근데 모두 당신처럼 강하진 못합니다."

드림 사이드 1에서의 랭커가 드림 사이드 2라고 똑같이 강하다는 보장은 못 한다.

실제로 죽은 게 확인된 천외천이나 다른 랭커들도 부지기수.

섭종 보상이나, 전작을 플레이했던 경험이 절대적으로 유리한 상황만을 만들어 내는 건 아니다.

안센은 자조적으로 웃었다.

"저만 봐도 그렇잖아요? 천외천 안센은 현실의 토니모리 안센과 질적으로 다른 사람입니다."

그리고 강서준이 무어라 말을 더 잇기도 전에, 그는 화제를 바꾸어 질문을 해 왔다.

"그나저나 케이 님은 어쩌다 이곳까지 들어오시게 된 겁니까?"

"……얘기가 길어질 것 같군요."

던전으로 진입한 경위를 말하기에 앞서, 강서준은 우선 그들에게 지구의 현황을 알려 주기로 했다.

이곳의 사람들은 오픈 이후로 단 한 번도 던전 밖으로 나가 본 적이 없다.

간단한 설명 정도는 필요했다.

강서준은 단두대를 뒤로하고 아예 자리를 깔고 앉았다. 노예들도 궁금증이 가득한 얼굴로 이쪽을 응시했다.

그리고 얘기가 시작된 지 얼마 안 된 시점부터 누군가가 화들짝 놀라며 물었다.

"전 세계가 이렇다고요?"

"네. 후쿠오카뿐만이 아닙니다. 한국, 중국, 미국······ 유럽. 빠짐없이 던전화의 대상이었죠. 경중의 차이는 있겠지만 모두 궤멸에 가까운 타격을 입었습니다."

안타까운 탄식이 절로 흘러나왔다. 특히 바깥에 가족이 있는 사람들의 경우는 반응이 더더욱 요란했다.

몇몇 한국인은 강서준이 한국 사람이란 걸 깨닫고, 빠르게 한국의 상황에 대해서 물어 왔다.

"······전주도 이렇게 되었을까요?"

"아마도요."

"강원도처럼 인구가 적은 곳도요?"

"모두 똑같아요. 다만 후쿠오카나 서울처럼 대도시의 경우, 유난히 더 많은 던전화가 발생할 뿐이죠."

사람들의 얼굴에 금세 그림자가 드리웠다.

비단 그들의 삶이 절망적이더라도, 이곳에 난입되지 않은 그들의 가족만큼은 안전하길 바랐으니까.

근데 막상 강서준의 입에서 전해져 온 소식은 지구는 멸망을 앞뒀다는 내용인 것이다.

"하지만 너무 낙담할 필요는 없어요. 우린 그만큼 강해졌으니까요."

"네?"

"세계정부가 설립됐고, 차츰 빼앗긴 도시들을 탈환하고 있어요. 제가 이곳에 온 경위도 같아요."

"설마……."

"네. 전 이 던전을 공략하고 후쿠오카를 되찾을 겁니다."

던전을 공략하겠다는 말은 이번이 두 번째였지만, 받아들이는 정도의 차원은 달랐다.

사람들의 눈엔 정말 될지도 모른다는 희망이 깃들고 있었으니까.

강서준이 올랑 그리브를 상대로 보여 준 압도적인 무력과, 아직도 주변을 경계 중인 푸른 몬스터 군단!

믿지 않으려야 않을 수가 없다.

"……정말 이곳을."

"아아……."

몇몇 사람들이 흐느끼자, 그 울음이 전염되듯 퍼졌다. 노예들은 실로 오랜만에 희망이란 걸 가슴에 품은 것이다.

강서준은 그들을 향해 말했다.

"그러니 일단 먹어요. 여길 탈출하려면 다들 힘이 있어야 하니까."

"네, 네……!"

사람들은 저마다 먼지 묻은 손으로 음식을 집어, 열량을 채우기에 바빴다.

다행히 아이템이 모자랄 일은 없었다.

이곳을 정리하면서 근처에 있던 놈들의 식량 창고를 찾은 덕분이었다.

'10년은 먹고 살겠더라. 빌어먹을 놈들.'

어쨌든 이젠 간수들의 눈치를 볼 것도 없이 양껏 배부르게 먹어도 될 정도로 식량은 차고 넘쳤다.

강서준은 게걸스럽게 음식을 먹어 치우는 노예들을 살펴보며 한숨을 삼켰다.

'부족하면 내 음식을 더 풀면 돼.'

한편 강서준은 근처에서 음식을 깨지락대던 안센에게 다가갔다.

다들 환희에 찬 얼굴로 식사하는 와중인데, 그만이 여전히 우울한 기색이었다.

"괜찮아요?"

"네? ……네. 괜찮아요."

"안 괜찮아 보이는데…… 안색이 안 좋아요. 무슨 일이라도 있어요?"

안센은 힘없이 웃으며 답했다.

"별거 아닙니다. 마냥 기뻐하기엔 먼저 잡혀간 친구한테 조금 미안해서요."

들어 보니 불과 얼마 전만 하더라도, 그의 오랜 친구가 이곳 광산에 같이 억류되어 있었다고 한다.

별안간 위쪽에서 간수를 보내 친구를 데려간 게 불과 반년 전의 이야기였다.

"녀석도 여기에 있었으면 좋았을 텐데……."

안센은 바닥을 꺼트릴 기세로 한숨을 푹 내뱉더니 쓰게 웃으며 입을 열었다.

"제가 좀 더 강했으면 이런 일이 벌어지진 않았겠죠. 모두 제가 못난 탓입니다."

축 처진 어깨는 가만히 보고 있노라면 그의 자존감이 지하 깊숙이 처박힐 것만 같았다.

'근데 잡혀갔다고?'

이곳의 노예들은 종종 알 수 없는 이유로 간수들에 의해 어딘가로 끌려가곤 했다.

그리고 끌려간 노예가 어떻게 되었는지는 아무도 알지 못했고, 그들은 두 번 다시 돌아오지 못했다.

'대체 노예를 끌고 가서 어쩌려고……'

안센은 울 것 같은 얼굴로 말했다.

"반년 전이었어요. 나름대로 우리도 노예 해방 시나리오를 성공시키기 위해 한창 물밑 작업을 할 때였죠."

그때의 광산엔 '올랑 그리브'라는 몬스터는 없었다고 한다.

기껏해야 노예들보다 조금 더 강한 웨어울프들뿐인 노역장.

아무래도 반역 따위는 할 수 없을 거라 확신하는 눈치였고, 그 덕에 카게는 은연중에 성장할 수 있었다.

"문제는 갑자기 벌어졌죠. 광산으로 올랑 그리브가 내려왔고 녀석은 노예들을 하나씩 대면하며 누군가를 찾고 있었죠."

이건 예상과는 조금 달랐다.

종종 끌려가는 노예들은 있었지만 이렇듯 대대적으로 특정 인물을 찾아내는 경우는 없었다.

"분명 유리나를 찾는 거였어요."

안센은 그 대상이 유리나라는 걸 누구보다 확신했다고 한다.

그가 아는 유리나는 이곳의 그 누구보다도 특별하고 위대한 존재였기 때문이었다.

"그녀는 무한에 가까운 힘이 있었거든요."

"……그게 무슨 소리예요?"

"마르지 않는 화수분 같았어요. 그녀는 마력을 무한대로 뽑아낼 수 있었거든요."

강서준의 등줄기로 소름이 빠르게 스치고 지나갔다.

무한대로 확장하는 마력!

그 비슷한 능력을 가진 존재를 그는 누구보다 잘 알고 있었다.

강서준은 미간을 좁히며 물었다.

"혹시 주변의 마력을 활용하던가요?"

"네?"

"허공에 떠다니는 마력을 아무런 조건 없이 사용할 수 있다거나, 정령을 몸에 품고 있다거나……."

안셴은 고개를 가로저었다.

"아뇨. 그건 아닐 겁니다. 유리나의 마력이 대단하다고 알게 된 건 제 아이템 덕이니까요."

안셴은 인벤토리에서 익숙한 모양의 고글을 꺼내었다.

'호르스의 고글.'

성능은 고글을 통해 주변의 마력량을 측정하는 것으로, 일종의 '류안'을 아이템으로 만든 것이다.

그리고 이것이라면 누군가가 가지고 있는 마력의 총량쯤은 쉽게 확인할 수 있다.

그는 고글로 강서준을 보더니 말했다.

"역시 케이 님도 마력이 무한대로 확장하시네요."

"……그저 레벨이 높은 겁니다."

호르스의 고글은 고레벨의 개체값까지 확인할 수 없었다. 일정 수치로 넘어서면 무한대로 표기하기 때문이다.

안셴은 고개를 주억거리며 말했다.

"유리나도 그랬어요. 오픈 초기부터 말이죠."

강서준은 그 말에 헛웃음을 지을 수밖에 없었다.

안셴의 말인즉, 유리나는 오픈 초기부터 400레벨을 넘기는 고레벨의 마력을 갖고 있었다는 말이 되는 거니까.

그리고 이는 주변의 마력을 활용하여 무한대의 마력을 사용하는 진백호와 다른 경우다.

호르스의 고글은 신체에 저장된 마력량을 측정하는 기구.

이 아이템으로 진백호를 본다면, 그 수치는 아마 0으로 표기될 것이다.

'다르지만 확실히 특별하군.'

그리고 이런 경우에 있어서 강서준이 내릴 결론은 하나였다.

'어쩌면 유리나란 사람도 주요 인물일지도 모르겠어. 아니, 틀림없어.'

지구를 지탱하는 주요 인물이 고작 진백호 하나가 아닐 거라는 건 익히 추측해 본 문제였다.

드림 사이드 1의 자료를 조사해 보고, 또한 켈에게 물어서 알아낸 정보로는 그곳에서도 주요 인물은 더 있었다.

'일찍 죽었을 뿐.'

사실 유니온에서도 암묵적으로 '주요 인물'을 찾아 보호하는 프로젝트를 진행 중이었다.

만에 하나라도 주요 인물이 더 있다면, 섭종을 막는 보험은 하나 더 늘어나는 셈이니까.

'물론 여태 단 한 명도 발견하진 못했지만…… 흐음. 후쿠오카에 있었단 말이지?'

아무래도 이 던전에서 해야 할 일이 하나 더 늘어난 것 같다.

강서준은 안센의 어깨를 두드렸다.

"아마 친구분은 안전할 겁니다. 아무도 쉽게 죽일 수 없을 테니까."

"……네?"

"정말 안센 님의 말대로 특별한 사람이라면 그 누구도 그 사람을 해칠 수 없어요."

하지만 안심할 수도 없었다.

진백호가 살아 있는 한 이 세계는 섭종될 일은 없었고, 만약 이 던전의 주인 녀석이 진백호의 존재를 알고 있다면?

유리나란 사람이 언제까지 안전하게 보호될 거라 장담할 수 없었다.

'게다가 잡아간 이유도 있겠지.'

이래저래 낙관적으로만 볼 수도 없는 상황이었다.

"어쨌든 당장 할 수 있는 일에 집중하도록 하죠. 친구 분…… 그러니까 유리나 씨는 다시 만나게 될."

그 순간 멀리 탐사를 떠났던 로켓으로부터 짜릿한 신호가 다가왔다.

잠시 그쪽으로 의식을 돌리니, 로켓의 시야를 직접 확인해서 볼 수 있었다.

강서준은 쓰게 웃었다.

"굉장히 공교롭네요."

"네?"

"직접 확인하시겠어요?"

거두절미하고 바닥의 흙이 오돌토돌 위로 솟구치기 시작

했다.

그리고 흙으로 빚은 인형이 나타나더니, 뻐끔뻐끔 입을 열었다 닫기를 반복했다.

곧 건너편 음성이 들려왔다.

─아, 아!

안센이 놀란 토끼 눈이 되어 물었다.

"유리나?"

─……안센?

"정말 유리나, 너야?"

잠시 말이 없던 흙인형은 조심스러운 기색으로 다시 입을 열었다.

─안센! 무사해서 다행이야!

"……누가 누굴 걱정하냐?"

두 사람은 울음 섞인 목소리를 주고받으며 해후의 기쁨을 한껏 누렸다.

또한 유리나를 잘 알고 있는 카게 소속의 노예들도 괜히 코를 훌쩍이고 있었다.

한편 건너편에서 익숙한 목소리도 들렸다.

─파파왕!

"오! 파랑아! 잘 지내고 있어?"

─심심해애애! 지금 어디야?

"금방 데리러 갈게. 그때까지 얌전히 기다리고 있어. 사고

치지 말고. 로켓이랑 잘 지내고 있어."

ㅡ후우우웅.

칭얼대는 파랑이의 말을 들으며 강서준은 씨익 웃었다. 역시 정이 든다는 건 무서운 일이다. 얼굴 못 본 지 얼마나 됐다고 이리 반가울 수가 있다니.

['고롱이'가 밥 잘 챙겨 먹으라며 걱정 어린 시선을 보냅니다.]

ㅡ응! 파파! 나 씩씩하게 잘 지낼게!

혼자 떨어졌다고 눈물 펑펑 흘리면서 울 줄 알았는데, 기운이 꽤 넘치는 걸 보면 약간의 서운함이 들 정도였다.

'울고 있는 것보단 낫지 뭐.'

그는 이번엔 유리나에게 말을 걸었다.

"유리나 씨."

ㅡ네?

"부디 파랑이랑 꼭 붙어 다니세요. 의지가 될 겁니다."

유리나는 목소리에 힘을 주어 화답했다.

ㅡ걱정 마세요. 아이는 제가 반드시 지킬 테니까요.

"네?"

ㅡ……네?

예상치 못한 강서준의 반응에 유리나가 당황하는 목소리를 냈다. 그리고 그녀가 어떤 착각을 했는지 상기한 강서준은 쓰게 웃으며 입을 열었다.

"아뇨. 그 반대예요. 파랑이가 유리나 씨를 지켜 줄 거란
얘깁니다."

─네에?

"그렇게 안 보이겠지만 걔. 레벨만 400이 넘는 '용'이니까
요."

노역장 해방

흙인형은 잠시 말이 없었다.

―바, 방금 뭐라고 하신 거죠?

약간의 침묵 뒤로 유리나가 떨리는 목소리로 물어 왔다. 그녀는 듣고도 전혀 못 믿겠다는 말투였다.

―이, 이 아이가…… 아니, 그러니까 이분이 네, 그, 요, 요, 용이시라고요?

"과하게 의식할 필요는 없어요. 그래 봐야 정신연령은 아직 초딩이니까요."

―하, 하지만…….

"괜찮아요. 나쁜 아이는 아닙니다."

태생은 용이라 해도 조기교육을 열심히 시킨 결과가 있었다.

적어도 어디 가서 이유 없이 사고 치고 다닐 정도로 무뢰한으로 키우진 않았다.

그녀가 걱정하는 용에 관련된 문제는 발생하지 않을 거라 자신할 수 있었다.

요즘 파랑이가 즐겨 보던 너튜브의 영상 목록만 봐도, 그녀가 어떤 방향으로 성장했는지 알 수 있었다.

'알고리즘이 거의 파―레인져였지?'

요즘 한창 빠진 장르가 '히어로물'이고, 그녀가 히어로를 동경하는 한 인간을 허투루 죽일 일은 없다.

게다가 파랑이의 성장 과정엔 용보다 인간과 함께한 기억이 훨씬 많았다.

그녀의 몸은 용이지만, 영혼은 인간의 생김새를 훨씬 닮았을 것이다.

강서준은 상념을 접으며 물었다.

"그나저나 지금 어디에 계신 겁니까?"

―……저도 잘 모르겠어요. 붙잡혀 오는 동안엔 눈이 가려져 있었고, 눈을 떴을 때는 큰 정원이었어요.

"정원이라고요?"

―전 여길 '시체정원'이라 불러요.

어딘가 소름이 끼치는 이름이었다. 그리고 유리나가 곧 설명해 주는 이야기를 들으니 그것만큼 잘 어울리는 이름도 없었다.

"인간을 산 채로 묻어서 식물의 양분으로 만든다고요?"

그렇게 묻힌 인간의 생사는 확인할 수 없다고 한다.

시시때때로 곳곳에서 살려 달라는 비명이 들려올 뿐.

죽어서 유령이 되어 하는 소리인지, 아직 땅에 묻혀서 살려 달라고 비명을 지르는 건지.

땅을 파헤칠 힘이 없는 유리나의 입장에선 확인할 방법은 없었다.

－전 여기서 식물에게 마력을 주는 일을 해요.

"자세히 설명해 주실 수 있겠어요?"

－시체정원은 단순해요. 그저 마력을 머금은 식물이 인간을 잡아먹고, 그것으로 열매를 만들어요.

"……열매라고요?"

유리나는 그 열매를 푸른 빛깔이 감도는 자두 같은 생김새라고 표현했다.

－잎사귀는 뱀처럼 스멀스멀 움직이기도 해요. 가까이에서 보면 소름이 끼친다니까요.

그의 기억엔 그런 열매는 드림 사이드부터 지구를 통틀어 단언컨대 존재하지 않았다.

이럴 때 차원 서고에 물어볼 수 있으면 좋으련만…….

아직 수리 중인 차원 서고는 아무런 대답이 없다.

'어쨌든 수상한 건 확실하군.'

강서준은 한숨을 삼키며 머릿속에 떠오르는 의문들을 차근차근 정리해 봤다.

솔직히 이번 던전엔 미스터리한 것들이 한두 가지가 아니었다.

'10만 명이 넘게 살아남은 A급 던전, 퀘스트 내용이 없는 시나리오…… 그리고 시체정원이라.'

그 부자연스러운 흐름 속에서 묘한 의도가 느껴졌다.

눈에 보이진 않지만…… 누군가가 분명 이 모든 일의 뒤에 있는 것만 같았다.

'아마 그 정체를 파악하려면 '시체정원'이란 곳으로 직접 들어가는 수밖에 없겠지.'

츠츠츳!

한쪽에서 신호가 들려오며 멀리 길을 떠났던 오가닉의 의사가 전달되어 왔다.

-왕이시여. 정찰을 마쳤습니다.

강서준은 의식을 집중해서 말을 건넸다.

'상황은 어때?'

-아직 적들은 광산에서 벌어진 일에 대해서 모르고 있습니다.

'……올랑 그리브 녀석의 오만이 이렇게 도움도 되는군.'

강서준은 옆에서 푸른빛을 뿜어내며 온순한 얼굴을 한 올랑 그리브의 영혼을 노려봤다.

영혼 부대에 귀속된 녀석은 미주알고주알 알고 있는 모든 정보를 탈탈 뱉어 냈다.

　그리고 놈은 오늘에 한하여 특별한 이벤트를 즐길 예정이니, 이곳에서 들려오는 어떤 소음도 신경 쓰지 말라고 다른 구역에 당부해 둔 것이다.

　'일단 기다려. 아직 때가 아니야.'

　-알겠습니다.

　강서준은 다시 흙인형을 보고, 건너편 유리나를 향해 말했다.

　"오래 걸리진 않을 겁니다. 곧 찾아갈게요."

⚜

　[당신은 시나리오 영역, '광산'을 최초로 해방시켰습니다.]

　강서준이 영혼 부대를 활용하여 광산의 거주 구역부터, 노역장의 모든 간수까지 처치하자 돌연 눈앞에 나타난 메시지였다.

　[칭호, '광산의 해방자'를 습득합니다.]

　[노예들에 한하여, 오오라를 발휘합니다.]

대단히 특별할 것도 없는 칭호였다.

근데 막상 이를 착용하니, 그를 바라보는 노예들의 시선부터 차원이 다르게 바뀌었다.

약간 몽롱한 빛깔로 그를 바라보는 게 예사롭지 않았다.

'이거 본 적이 있는데…….'

서울에서 지금도 열렬히 포교 중일 종교 집단 '혼백'의 광신도들이 대개 저런 눈빛이었다.

"케이 님……."

강서준은 쓰게 웃으며 장착한 칭호를 해제해 버렸다. 잠시 멍하게 그를 바라보던 안센이 금세 정신을 차리더니 말했다.

"……유리나가 있는 곳은 던전의 중심인 '중앙도시 바칼라돈'일 겁니다. 그때 간수들의 말을 엿들어서 알고 있어요."

중앙도시 바칼라돈.

광산이나 농장, 공장, 작업장 등의 노예들은 쉽게 출입조차 할 수 없는 이쪽 세계관 귀족들의 땅.

안센은 미간을 찌푸리며 말했다.

"문제는 일반적인 방법으로는 그곳에 들어가는 건 하늘의 별 따기처럼 어렵다는 겁니다."

"……시민권이 필요하겠죠."

노예들이 바칼라돈으로 넘어가려면 일반적으로 '시민권'을 취득해야만 가능했다.

그리고 시민권을 취득하는 방법은 크게 두 가지였다.

"일을 해서 돈을 벌어 시민권을 구매하거나, 적당한 업적을 세워 시민권을 얻는 거죠."

"적당한 업적이라……."

안센은 날카로운 눈으로 한쪽에 묶어 둔 한 무리의 노예를 보더니 입을 열었다.

"배신입니다. 놈들에게 충성심을 증명하면 시민권을 얻을 자격이 생겨납니다."

그는 경멸하는 눈빛으로 한껏 째려보더니 이내 강서준을 돌아보며 말을 이었다.

"아이러니하게도 우린 바칼라돈을 유토피아라고 불러요."

"……."

"소문이 사실인지는 모르겠지만 그곳에선 우리들도 같은 시민으로 대우를 받는다고 하더라고요."

노예들이 같은 동료를 배신해서라도 상노예가 되려는 이유는 있었다.

어차피 일을 해서 돈을 벌어 봤자, 시민권을 구할 만큼 많이 벌지도 못하는 게 현실.

노예들의 선택지는 배신이냐, 아니면 같이 몰락하느냐밖에 남질 않는 것이다.

'악랄한 수법이로군.'

강서준은 구역의 규칙을 들으며 그 숨은 뜻을 파악할 수 있었다.

사실 시민권이란 것과 유토피아라는 이상향은 노예들의 반역을 방지하기 위해서 만들어졌다고 해도 과언이 아니다.

처음부터 선택지를 두 개만 제공한다면, 다들 그것부터 들여다보기 마련이니까.

매서운 채찍과 썩은 당근을 활용한 전략.

강서준은 짧게 혀를 차며, 이 모든 전략을 가능하게 만든 이 던전의 특이 구조를 생각했다.

'던전의 주요 시설이 모두 바칼라돈에 집중된 게 가장 큰 문제겠지.'

어떻게 한 건지는 몰라도 던전에서도 노예들의 영역엔 하나같이 고렙의 몬스터가 생겨나지 않는다.

사실 몬스터란 존재가 거의 없을 정도로, 노예 구역은 오직 일만을 하도록 만들어져 있다.

즉 고렙의 몬스터, 사냥터, 각종 재화…… 그 모든 게 중앙도시 바칼라돈에 들어가야만 만날 수 있다.

'성장을 제한한 거야.'

플레이어는 자고로 몬스터를 사냥해서 레벨을 올리고, 스텟과 스킬 숙련도를 쌓아 그 수준을 높인다.

그게 드림 사이드 2의 플레이어가 가진 강점이자, 가장 큰 축복이라 할 법했다.

'근데 아예 몬스터를 사냥할 수조차 없이 처음부터 배제된 상태라면……?'

제아무리 훌륭한 플레이어라고 해도 성장의 한계를 느낄 수밖에 없다.

강서준처럼 튜토리얼 단계에서 헬 난이도를 골라 오랫동안 그 안에서 숙련치를 쌓은 거면 모를까.

그게 아닌 이상, 이곳의 플레이어들에겐 역전의 기회조차 주어진 적이 없는 것이다.

솔직히 이곳 광산에서 '카게'란 플레이어 집단이 만들어진 것만 해도 대단한 일이다.

'아마 유리나가 직간접적으로 영향을 준 거겠지.'

듣기론 그녀는 마력을 무한대로 저장하는 특이체질이었다.

'그릇이 큰 만큼 마력이 빨려 들어가는 양도 많았을 거야. 곁에 있기만 해도 다량의 마력에 노출되는 셈이지.'

즉 가까이 서 있기만 해도 체내에 쌓이는 마력은 늘어날 수밖에 없는 환경인 것이다.

'게다가 스텟은 레벨과 무관해.'

레벨이 낮아도 스텟이 높을 수는 있었다.

그 성장의 한계는 있겠지만, 아무렴 별수 없이 노역만을 반복하는 다른 노예들보다 성장 폭이 커질 수밖에 없다.

그 덕에 이곳엔 카게란 단체가 만들어질 정도로 플레이어의 수준이 약간 더 높은 것이다.

'하지만 그건 유리나의 근처에서만 한정된 일이야. 다른

곳은 반전의 기회조차 없었겠지.'

강서준은 짧게 한숨을 뱉어 냈다.

'일개 몬스터가 이런 구조를 만들 수 있을 리가 없어. 이 던전이 처음부터 A급 던전은 아니었을 테니까.'

이 던전의 구조는 사람들이 처음 난입됐을 때부터 유지되어 온 것들이다.

즉 F급 던전일 때부터 꽤 지능이 높은 놈이 개입하지 않고서야 할 수 없는 일이다.

절로 경각심이 떠올랐다.

강서준이 알고 있는 한, 이런 짓을 할 존재는 이 세계에서 단 한 부류뿐이다.

'전생인.'

마그리트나 크록 같은 전생을 한 존재라면? 오픈 초기부터 던전을 제 입맛대로 조정하는 건 일도 아니었다.

'진짜 큰 문제는······.'

강서준은 퀘스트 창을 불러왔다. 여전히 안에는 아무런 정보가 기재되질 않아, 이곳의 던전의 미스터리만을 더했다.

'대체 무슨 수작을 부린 거지?'

켈에게 듣기론, '퀘스트 업그레이더'라는 아이템처럼 퀘스트의 난이도를 조작하는 물건은 있다고 했다.

이를 통해 지난날 '전직 퀘스트'에서 잠시 고생하질 않았던가.

하지만 이번엔 경우가 조금 다르다.

난이도를 조작하는 걸 넘어, 아예 그 정보 자체를 지우는 건 차원이 다른 일이다.

사실 이건 '버그'에 가까웠다.

이런 일을 시스템의 눈을 피해 해낼 만한 아이템이 존재할 수가 있을까?

"저…… 케이 님?"

생각에 빠져든 강서준은 어느덧 그의 앞으로 도열한 노예들을 확인할 수 있었다.

영혼 부대와 카게 덕분에 해방된 광산의 노예들!

그들은 오랜만에 배부른 식사를 한 덕인지 기운이 넘치는 얼굴을 하고 있었다.

안센이 바로 물었다.

"중앙도시로 가실 겁니까?"

바칼라돈엔 아마 유리나와 파랑이가 있을 것이고, 그 안으로 들어가야 보스 몬스터도 만날 수 있다.

이 던전을 공략하려면 바칼라돈에 진입하는 게 당연한 수순이다.

노예들도 전부 응당 그렇게 진행될 거로만 여기는 눈치였다.

다소 전투가 예상되지만 강서준의 전력이라면 충분히 돌파할 수도 있을 테니까.

하지만 강서준은 고개를 가로저었다.

"아뇨. 들를 곳이 있어요."

"……들를 곳이라뇨?"

안센의 의문에 바로 답하지 않고, 강서준은 멀리 의사를 보내 영역 곳곳에 흩어진 백귀들에게 말을 걸었다.

'다들 준비됐어?'

가장 먼저 답을 한 건, 서쪽 끝으로 날아가 그의 명만을 기다리던 알리였다.

-왕이시여! 죽이라면 죽이고 빼앗으라면 빼앗겠습니다! 저 알리가 충성을 증명하겠습니다!

누가 마족 아니랄까 봐 흉악한 소리를 열심히 하고 있다.

강서준은 알리를 일별하고 다음으로 들어오는 의식에 집중했다.

켈이었다.

-이쪽도 준비됐어요. 신호만 주면 바로 움직일게요.

마찬가지로 오가닉도 강한 의지를 보내왔다.

-언제든 명령만 내려 주십시오.

강서준은 백귀들의 의지를 읽고, 그들에게 속한 예하 영혼 부대를 쭉 훑어봤다.

아마 수백의 군사가 될 것이다.

그들 모두가 움직이고 나면, 이젠 싸움은 고작 전투가 아니라 전쟁 규모라 해야겠지.

그리고 강서준은 자신의 감투에서 흉흉한 눈빛을 토해 내는 대략 300마리의 몬스터를 상기했다.

이젠 움직여야 할 때다.

'전쟁을 시작한다.'

멀리 곳곳으로 흩어진 백귀들의 환호성이 울렸고, 영혼 부대가 희열을 느끼며 함성을 내지르는 게 들리는 듯했다.

갑작스러운 분위기 변화에 노예들이 찔끔 놀랄 즈음.

강서준은 그들을 향해 말했다.

"바칼라돈으로 들어가는 건 내일입니다."

"네?"

"오늘 밤 안에 우린 이곳의 모든 노역장을 해방시킬 거니까요."

이번 작전의 핵심은 동이 트기 전에 던전의 모든 노예들을 해방시키는 것이다.

광산은 이미 마무리했으니, 동서남북 곳곳에 흩어진 공장, 농장, 작업장 등의 노역장을 공략할 생각이었다.

'기왕이면 이대로 중앙도시 바칼라돈으로 진격하는 것도 나쁘진 않겠지만…….'

구태여 바칼라돈으로의 진입을 미루고, 노역장을 해방시키려는 데엔 이유가 있다.

'몬스터의 지적 수준이 너무 높아. 자칫 잘못하면 인질극이 벌어질 수도 있어.'

현재 숫자만 대략 15만 명에 육박하는 생존자들은 몬스터에게 붙잡혀 있는 꼴이다.

그들은 간수들의 삼엄한 경계 속에서 살고 있었고, 최소한의 안전도 보장받지 못했다.

'발목을 잡을 거야.'

과연 바칼라돈에서 '사건'이 벌어질 경우…… 몬스터들은 15만 명에 다다르는 노예들을 가만히 놔둘까?

'분풀이로 죽이거나 그 목숨을 빌미로 협박해도 이상하지 않아.'

웨어울프는 리자드맨처럼 집단생활에 능한 종족이고, 인간을 노예로 부릴 정도로 간악하다.

무엇보다 그 뒤에는 전생인이 있다.

시민권을 운운하며 썩은 당근을 내미는 전략부터, 성장을 제한하는 방식만 봐도 알 수 있었다.

정에 약한 인간을 상대로…… 놈들은 반드시 인질극을 벌일 것이다.

'결국 이대로 가면 노역장의 사람들은 죽은 목숨이야. 그딴 인질극에 어울려 줄 수야 없지.'

그러니 순서를 바꿔야 한다.

한두 명도 아니고, 15만 명에 육박하는 생존자들이 학살당하는 꼴을 방치할 수는 없다.

강서준은 그 답답한 상황 자체를 만들지 않을 것이다.

안센이 조심스레 말했다.

"필연적으로 노역장을 치면 놈들도 알아차릴 겁니다. 아마 바칼라돈의 방어도 두터워지겠죠."

"……괜찮아요. 감수해야죠."

일은 더 복잡해지겠지만 이건 그럴 만한 가치가 충분한 일이다.

게다가 놈들이 아무리 단단히 뭉쳐도 A급 몬스터이질 않은가.

'지금의 난 혼자서도 이 던전을 공략할 수 있다.'

단신의 무력만으로도 용과 교전을 벌일 수 있으며, 그의 백귀들은 어지간한 A급 엘리트 몬스터의 뺨을 후려친다.

실상 영혼 부대를 운용하는 강서준은 대형 길드 수준의 무력을 가졌다고 볼 수 있다.

링링이 괜히 그 혼자 던전으로 보낸 게 아닌 것이다.

오히려 인질극이라는 귀찮은 상황이 그에게 더 큰 페널티로 작용한다.

'변수는 '전생인' 그놈인데…….'

강서준은 긍정적으로 생각하기로 했다.

지금보다 훨씬 어려운 상황도 겪어 봤다. 이 정도 변수는 새삼스러울 것도 없다.

하지만 그런 생각을 아는지 모르는지, 안센은 여전히 걱정 가득한 얼굴을 하고 있었다.

"설령 그렇다 해도…… 정말 하룻밤 사이에 모두를 구할 수 있을까요? 거의 15만 명입니다. 솔직히 저는…….'

무얼 걱정하는지 알 법했다.

세상일이란 무릇 의지만으로 해결되진 않는다.

강서준은 그를 바라보는 사람들을 향해 힘을 주어 말했다.

"대규모 전투에서 희생을 피할 수는 없을 겁니다. 다만 여러분이 도와주면 그 희생을 줄일 수는 있겠죠."

"……돕다니요?"

"별거 아닙니다. 각 구역의 노예들에게 몇 마디 말만 전하면 됩니다."

전시 상황에서 '패닉'에 빠지거나, '혼란스러운 국면'으로 접어드는 것만큼 위험한 건 없다.

가능한 한 사람들이 혼란을 겪지 않고 얌전하게 말을 따르도록 브레이크를 걸어 줄 사람이 필요했다.

그리고 이는 든든하게 배를 채운 광산의 노예, 그러니까 카게의 단원이 제격이다.

"생판 모르는 남보다는 같은 처지인 여러분의 말이 더 설득력이 있을 겁니다. 하물며 카게 여러분의 말이라면……."

느닷없이 누군가가 나타나 "여러분을 해방시키러 왔습니다! 저를 따르세요!"라고 하면 "아, 그렇군요! 알겠습니다!"라며 바로 따를 사람이 어디 있겠는가.

웨어울프의 함정인 줄 착각할 사람도 있고, 상노예의 비열

한 계책이라 여길 수도 있다.

반신반의하더라도 그 말을 전부 믿어 주지도 않겠지.

사람의 마음은 확신이 없는 한 쉽게 움직이지 않는다.

적어도 카게처럼 노예들 사이로 입방아에 오르내리는 이
들 정도는 있어 줘야 신빙성이 생긴다.

"도와주시겠어요?"

잠시 말이 없던 사람들은 눈치를 보다 이내 고개를 끄덕였
다.

"그, 그냥 말만 전하는 거라면요."

강서준은 고개를 주억거리며 시선을 마주했다.

그리고 여전히 동공이 떨리는 그들을 향해 더더욱 확고한
말투로 입을 열었다.

"걱정 마세요. 오늘은 광복절이 될 테니까."

작전의 시작이었다.

투콰아아아아앙!

큰 소음이 일며 평화롭던 노역장 근처로 불꽃이 화르르 타
오르기 시작했다.

동서남북을 막론하고 갑자기 시작된 대규모 몬스터들의
습격!

-네, 네놈들은 누구냐!

-습격이다! 몬스터가 쳐들어왔어!

-뭐? 여기에 뭔 몬스터가 있다고…… 으아아악!

야간 당직을 서며 하품이나 쩍쩍 뱉던 웨어울프들의 입에서 비명이 터졌다.

그들은 믿을 수 없다는 듯 탄식하며 연신 타종을 울려 댔다.

-도깨비에, 리자드맨? 저건 또 뭐야! 악마들은 왜 여기에 있는 건데?

-끄아아아악!

막말로 있을 수 없는 일이었다.

어찌 한 던전에 이렇게 다채로운 몬스터가 한 팀이 되어 나타날 수 있겠는가!

상상도 못 해 본 일이다.

기껏 노예들이나 괴롭히며 평화에 찌들었던 그들은, 별수 없이 제대로 싸움조차 못 해 보고 일방적으로 뒤로 물러나야만 했다.

"지금입니다."

혼란스러운 틈을 타고, 강서준은 카게와 함께 미리 뚫어둔 목책을 넘었다.

그들의 목적지는 노예들의 감옥.

"다들 동요하고 있을 겁니다. 우린 그들을 안전한 곳으로 유도할 거예요."

　습격 시기를 한밤중으로 정한 데엔 이런 이유도 있었다.

　적어도 노예들이 한곳에 뭉쳐 자고 있을 시간이 필요했으
니까.

　그곳만 어찌 잘 통제한다면 사람들이 패닉에 빠져 혼란이
가중되는 꼴은 막을 수 있다.

　그리고 다행히 바깥의 소란으로 인해 웨어울프들의 신경
은 안쪽까지 살필 여유가 없었다.

　강서준은 가까이 보이는 감옥을 보고 호흡을 가다듬었다.

　"제가 먼저 진입할 테니 여기서 잠시만 기다려 주세요."

　"네?"

　"오래 걸리진 않을 겁니다."

　그 말을 끝으로 강서준은 초상비를 발동하며, 날 듯이 감
옥으로 스며들었다.

　바깥의 소음에 민감하게 반응한 노예들이 각자 철창을 붙
들고 공포에 젖은 표정을 짓고 있었다.

　그중 강서준은 노예들을 향해 시끄럽다고 윽박을 질러 대
던 한 마리의 웨어울프의 뒤로 접근했다.

　─시끄러! 잠이나 쳐 자! 네까짓 것들이 감히 내……!

　스거억!

　단 일격.

　빛이 번쩍이더니 웨어울프의 머리가 허공을 날았다.

가까이에 있던 한 노예가 깜짝 놀라 비명을 지르려는 순간
이었다.

강서준이 철창 안으로 손을 넣어 그 사람의 입을 턱 막았
다.

"쉬잇……."

놀란 토끼 눈으로 고개를 끄덕이자, 강서준은 그제야 노예
의 입을 풀어 주었다.

하지만 웨어울프는 소리보다 냄새에 더 민감한 종족이다.

─……피 냄새로군!

"아, 이럴 줄 알았으면 그냥 흡혈해 버리는 건데."

간수 몇 놈이 더 나타나 득달같이 달려들었다. 밤 버프까
지 받아 한층 흉포한 기세마저 뿌리는 놈들.

─감히 인간 놈이!

─키아아앗! 어떻게 감옥을 빠져나왔는지는 몰라도
죽……!

물론 놈들의 최후도 바닥에 널브러진 웨어울프와 크게 다
르지 않았다.

눈 깜짝할 새에 간수들을 도달한 강서준은 짧게 호흡을 내
뱉고, 바깥으로 신호를 보냈다.

곧 카게가 감옥으로 들어오더니 나지막이 물었다.

"……여기 왜 이리 조용하죠?"

"글쎄요."

말없이 철창 안에 갇혀 있던 사람들을 둘러봤지만 하나같이 시선을 회피하며 구석에 웅크리고 있었다.

마치 무슨 일이 벌어지더라도 관심조차 가지질 않는 게 이곳의 불문율이라도 된 것처럼.

"일단 대화를 나눠 보죠. 바깥의 전투가 본격화되면 이곳도 전장이 될 겁니다."

"네, 알겠습니다."

강서준은 철창으로 다가가는 카게의 일원을 일별하고, 이번엔 다른 곳으로 의식을 집중시켰다.

[스킬, '분신(S)'을 발동 중입니다.]

곳곳으로 흩어진 그의 분신은 일제히 그 의중을 읽어 들였다.

서쪽의 농장 근처로 잠입한 분신이 아닌 본체, '강서준'은 그 뒤를 따라오던 안센에게 말했다.

"동쪽 감옥은 벌써 접촉했다는군요. 예상대로 올랑 그리브가 관리하는 곳이라 그런지 확실히 빠르긴 빠르네요."

한데 그 말을 들은 안센은 아무런 대답도 없이 강서준을 멀뚱멀뚱 보고 있을 뿐이다.

몇 번이나 입술을 들썩인 안센이 겨우 용기를 내어 물었다.

"케이 님은 대체 직업이 뭐예요?"

"네?"

"수백의 몬스터를 다루고, 검술도 뛰어나며, 아까 보니 마법도 쓰시고…… 당신의 정교한 분신은 또."

안센의 질문에 다른 사람들도 관심을 갖고 이쪽으로 주의를 기울였다.

말은 하진 않았지만 다들 내심 궁금해 죽겠다는 표정이다.

강서준은 어깨를 으쓱이며 답했다.

"안센 님은 알고 계시지 않나요?"

"네?"

"예전에 말해 줬었던 것 같은데."

안센은 대장장이였고, 강서준에게 수많은 무기를 제작해 준 전용 마이스터였다.

검부터 활, 창, 도끼…… 다양한 무기를 다룰 수 있는 강서준의 특징은 누구보다 잘 안다.

"하지만 그건 1이잖아요. 게다가 그 직업을 가지려면……."

잠시 강서준을 바라보던 안센은 화들짝 놀란 얼굴로 물었다.

"설마…… 여기서도 헬 난이도를 공략했어요?"

도서관 사서로 전직하기 위한 최초 조건은 오직 튜토리얼에서 '헬 난이도'를 골라 공략하는 것.

예전에 안센에게 말해 준 기억이 난다.

"게임에서도 못 깨는 걸 어떻게 현실에서……?"

"전 깼는데요."

"아니, 아무리 당신이라도."

안센은 말하던 와중에 입을 꾹 다물어야 했다. 강서준이 대뜸 수신호를 보냈기 때문이다.

─……이상하군.

각종 농작물이 열린 곳에서 꽤 커다란 형체가 서서히 몸을 일으키고 있었다.

녀석은 코를 벌렁거리며 미간을 구겼다. 붉은 눈빛이 흉흉하게 빛나자 가까이에 있던 노예 몇이 속절없이 의식을 잃고 쓰러졌다.

─왜 몬스터 무리보다 이쪽에서 강자의 냄새가 나는 거지?

그 말을 기점으로 그 큰 덩치가 눈앞에서 사라졌다.

정확히는 그대로 뛰어올라 강서준이 있는 곳으로 떨어지고 있었다.

─너냐?

쿠우우우우웅!

하지만 강서준은 그 자리에서 한 발자국도 움직이지 않았다.

별안간 감투에서 꺼낸 까마귀가 그의 머리 위를 덮어, 충격을 막아 줬기 때문이다.

리카온 제국의 목성에서 주워 온 거대 까마귀.

A급 몬스터인 그래고리답게 무리 없이 카게의 단원들까지 모조리 지켜 낼 수 있었다.

"완전 개코네 이거."

강서준은 짧게 혀를 차며 바닥을 박찼다.

놈이 눈을 빛내며 그에게 주먹질을 날려 대기에 똑같이 주먹을 휘둘러 줬다.

콰아아아아앙!

튕겨 나간 녀석이 바닥을 뒹굴더니 곧바로 몸을 일으켰다.

맷집 하나는 올랑 그리브와 비교도 안 될 정도로 단단한 녀석이다.

스텟이 방어력에 꽤 높이 투자된 듯했다.

강서준은 놈의 정체를 파악했다.

그리고 탄식했다.

'……야왕(野王)?'

이놈이 이곳에 왜 있는지는 모르겠지만 무려 그 수준만 해도 이곳 보스급이라 할 법했다.

아니, 확실하다. 그가 알기론 '저주받은 도시'의 보스 몬스터는 웨어울프의 정점인 '야왕'이다.

-강하구나. 인간!

녀석은 주변이 공기를 빨아들이더니 점차 그 덩치를 크게 부풀렸다.

하늘에 뜬 보름달을 가릴 정도로 거대한 늑대 인간이 되더니, 꽤 초월적인 시선으로 강서준을 내려다보고 있었다.

─맛있는 식사가 되겠어.

놈이 흉포한 울음을 흘리자 그 기운이 사방으로 흩어졌다.

수많은 노예가 벌벌 떨면서 바닥에 납작 엎드렸고, 카게 단원들도 그 울음에 멀쩡할 수 없었다.

올랑 그리브가 흘리던 '하울링'과 질적으로 차이가 나는 무시무시한 늑대의 울음이다.

[엘리트 몬스터 '야왕(A)'이 스킬, '죽음의 하울링(S)'을 발동합니다.]

주목할 점은 메시지에 나타난 게, '보스 몬스터'가 아니라 '엘리트 몬스터'란 점이다.

대체 어떻게 된 일이지?

왜 야왕이 엘리트 몬스터가 됐지?

강서준은 미간을 찌푸리며 시끄럽게 울어 대는 야왕을 향해 검을 겨누었다.

"……일단 좀 닥쳐 봐. 생각 좀 하게."

[스킬, '공절(S)'을 발동합니다.]

빠르게 휘두른 재앙의 유성검은 야왕의 머리를 단칼에 베어 내고 있었다.

❈❈❈

"……야왕이 죽었군."

진한 커피 향이 가득한 방에서 오래된 고목처럼 잔잔히 눈을 뜬 남자가 있었다.

A급 던전, '저주받은 도시'의 진짜 주인인 밀트였다.

그는 눈앞에서 썩어 가는 한 나무를 쓰다듬으며 중얼거렸다.

"천 년을 산다는 천년목도 이리 관리를 소홀히 하면 썩어 버린다지만…… 그 야왕이 죽었다라."

밀트의 미간은 깊은 협곡을 만들어 냈다. 안 그래도 주름이 자글자글한 얼굴이 구겨지니, 더욱 유난스러운 모양이었다.

"상황은 어떻지?"

─……바칼라돈을 제외한 모든 구역이 정체 모를 집단의 습격을 받았습니다.

"아직 정체를 파악하지 못했다고?"

─네. 고블린, 오크, 오우거, 리자드맨, 도깨비…… 믿을

수 없지만 보고된 바로는 그 종류만 수십 가지입니다.

가만히 보고를 듣던 밀트는 저도 모르게 손에 힘을 주고 말았다.

썩은 천년목의 일부가 그 힘을 버티질 못하고 바스라졌다. 묘하게 진한 커피 향이 더욱 강렬하게 풍겨 났다.

"지금 무어라 했느냐?"

ㅡ……네?

"몬스터 집단 중 도깨비도 있다고?"

벌벌 떨며 고개를 아래로 박은 웨어울프가 간신히 입을 벌릴 수 있었다.

ㅡ네, 네! 분명 도, 도깨비도 있었습니다.

콰직!

결국 과도한 압력에 의해 천년목은 완전히 가루가 되어 흩날리고 말았다.

밀트는 소명을 다하고 데이터 쪼가리가 되어 버린 그 흔적을 가만히 바라봤다.

그리고 말했다.

"몬스터들의 몸엔 푸른빛이 감돌고 있진 않더냐?"

ㅡ어, 어떻게 아셨습니까?

그제야 모든 의문이 해소되는 기분이었다. 밀트는 수백에 달하는 푸른 몬스터 무리를 일찍이 만나 본 경험이 있었다.

그들을 다루는 게 누군지도.

"다시 '왕'이 태어난 거로군."

도깨비들의 왕, 이매망량(魑魅魍魎).

그는 누구보다 긴 세월을 살아 도깨비의 비사를 기억하고 있었다.

밀트는 명백한 관리자의 의지도 깨달았다.

"또 나를 방해하려는 것이냐?"

성난 목소리에 부복한 웨어울프가 피를 토해 냈다. 흥분을 제어하질 못하여 흘러나온 마력이 늑대들의 심장을 터뜨린 것이다.

-크허억……!

한데 웨어울프들이 토해 낸 피는 바닥을 따라 흐르더니, 이내 소멸한 천년목의 자리로 스며들었다.

뿌리만 살아 있다면 언제든지 회생할 수 있는 게 '천년목'의 특징이었다.

그렇게 천년을 사는 나무.

영생에 가까운 생을 살아가는 존재에겐 더없이 긴 세월을 함께해 줄 반려목이다.

밀트는 게걸스럽게 웨어울프의 시체를 탐닉하고, 새로 자라나는 천년목의 새싹을 바라봤다.

"……차라리 잘되었군. 부활의 첫 제물로 제격이지 않느냐."

그를 둘러싸던 웨어울프들은 천년목에게 모조리 뜯어 먹

혀 아무런 대답을 할 수 없었다.

다만 새로 자란 천년목의 새싹이 그 작은 잎사귀를 살랑거리고 있었다.

"어? 움직였다!"

창가를 가만히 바라보던 파랑이가 대뜸 꺼낸 말이다.

그녀는 멀리 우거진 나무들을 가리키며 들뜬 기색으로 입을 열었다.

"쟤네 웃기다니까? 막 춤춰!"

까르르 웃어 대는 파랑이를 보면서, 유리나는 저도 모르게 착잡한 표정을 지었다.

어떻게 반응해야 할지 모르기 때문이었다.

'그러니까 이 아이가 용이란 거지?'

솔직히 몇 번을 봐도 납득하기 어려웠다.

예쁘고 귀여운 얼굴이나 그 나이대에 어울리는 아이처럼 해맑은 웃음.

이게 정말 용이라고?

유리나는 의외로 드림 사이드 1을 플레이해 봤고, 용에 대해서도 여러 영상을 통해 접해 본 경험이 있는 편이었다.

실물로는 처음이라고 해도 간접적으로 겪은 것들이 워낙

많았다.

"응? 내 얼굴에 뭐 묻었어?"

빤히 쳐다보는 게 이상했는지 파랑이가 고개를 갸웃했다. 유리나는 애써 웃으며 찬장에서 과자 몇 개를 더 꺼내 왔다.

그녀를 이곳에 가둔 악마가 주기적으로 가져다주는 과자였다.

〈마력 쿠키〉

언제든 마력을 충전해서 일만 하라는 의도로 주어지는 보상이었다.

"언니는 착하구나?"

"응?"

"걱정 마. 언니는 내가 지켜!"

파랑이의 옆에서 마찬가지로 쿠키를 씹던 한 꼬마가 고개를 끄덕이며 말했다.

"애 말이 맞아요. 왕께서 명령하신 이상, 저 또한 목숨을 바쳐 당신을 지킬 거예요."

"……그래요."

파랑이도 그렇지만, 그 옆에 앉아 있는 로켓이란 소년도 솔직히 바로 받아들이기 힘겨웠다.

들기론 그도 '인간'이 아니라, 본질은 '리자드맨' 계열의 몬스터라고 하질 않는가.

그녀가 알고 있던 몬스터에 대한 개념이 송두리째 부서지는 기분이었다.

"그나저나 왕이라니…… 그분은 대체 어떤 분이신 거죠?"

"응? 파파왕?"

"네. 역시 밖에서 들어오신 거겠죠?"

1년을 넘도록 이 던전에서 살아온 그녀였다. 이토록 다채로운 능력을 가진 사람은 여태 본 적이 없었다.

천외천 출신인 안센이 희귀한 기물을 종종 만들어 냈지만…… 지금 벌어지는 일은 터무니없는 것들뿐이었다.

'아직 레벨이 낮고, 재료가 턱없이 부족한 게 이유가 되겠지만…….'

어쨌든 노예 중엔 이런 일을 가능하게 만들 사람은 없을 것이다.

"나도 몰라!"

"네?"

"파파왕은 그러니까…… 인간 같은데 인간이 아니야."

"무슨 뜻이죠?"

"몰라! 파파왕은 그냥 파파왕이야!"

더욱 정체를 모르겠다는 생각이 들었다. 옆에서 가만히 듣고 있던 로켓도 찻잔을 내려놓으며 첨언했다.

"틀린 말은 아니야. 왕은 왕이시지."

"……네에."

"근데 인간들은 왕을 이리 부르더라. 케이라고."

유리나는 잠시 눈을 멀뚱멀뚱 떴다. 잘못 들은 게 아니라면 그 이름은 분명 그녀가 알고 있는 것이다.

"케, 케이 님이라고요? 랭킹 1위?"

"그래. 너도 잘 아나 봐?"

어찌 모르겠는가!

드림 사이드를 플레이했던 사람들에겐 전설처럼 회자되는 이름인데.

특히 드림 사이드 2가 오픈하면서, '케이'가 어떻게 지내고 있을지 궁금해 본 적이 없는 사람은 또 없을 것이다.

'그 케이 님이라니……!'

믿기진 않지만 믿을 수밖에 없는 얘기였다.

막말로 겁도 없이 A급 던전으로 들어온 사람이었다.

당장 눈앞에 있는 '용'만 보더라도 그의 수준을 짐작할 수도 있었다.

로켓은 그런 유리나의 눈치를 살피며 말했다.

"너무 걱정하지 마라. 왕께선 잠시 할 일이 있어 조금 늦으시는 것뿐이니."

"아, 네……."

무엇보다 바칼라돈에서도 가장 은폐된 공간인 이곳에서, 그보다 먼 위치인 광산으로 통신이 연결되는 것부터 신기한 일이다.

이미 상식은 벗어난 지 오래다.

"으으…… 뭐야?"

창밖을 바라보던 파랑이가 고개를 갸웃했다. 시선을 돌린 유리나도 그곳에서 풍겨 나는 그윽한 커피 향을 느꼈다.

"……창문을 좀 닫아야겠어요."

유리나는 다가올 미래를 예감하며 슬픈 얼굴을 했다.

파랑이가 실상 용이라 해도, 외관상 어린아이에 불과한 그녀에게 들려주고 싶지 않은 소리가 있기 때문이었다.

─살려…… 줘!

─끄, 아, 아, 아아아, 아악!

─싫……어어어어어어!

비명처럼 번지는 소리에 일행은 잠시 움직임을 멈췄다. 로켓은 미간을 찌푸렸고, 파랑이도 얼굴을 굳히며 창밖을 살폈다.

소리는 한 곳에서만 들리는 게 아니었다.

이 집을 중심으로 사방에서 비명이 울려 퍼지고 있었다.

─으어어어…… 아파아……!

─하지 마, 하지 마, 하지 마, 하지 마, 하지 마, 하지 마, 하지 마!

─여긴…… 어디야?

여자, 남자, 아이, 노인…… 가릴 것 없이 각양각색의 목소리와 언어가 들려왔다.

유리나는 잠시 비명을 삼켰다.

반년을 살아온 이곳이었지만, 늘 이 시간은 참기 어려울 정도로 괴로웠다.

그래도 창문을 닫으니 소리의 크기는 현저히 줄어들었다.

로켓은 미간을 찌푸리며 말했다.

"이곳에 뭔가가 있는 줄은 알았지만…… 생각보다 더하네."

유리나는 로켓이 땅을 뚫고 이곳에 다다랐다는 걸 떠올렸다.

그렇다면 혹시, 그는 저 나무들 아래에 묻혀 있는 게 뭔지 본 건 아닐까?

로켓은 고개를 가로저었다.

"위험해 보여서 확인해 보진 않았어."

"……그렇군요."

한편으로는 대단히 현명한 행동이다.

무엇이 있는지도 모르고, 위험하단 생각부터 든다면. 섣불리 건들지 않는 게 정답이니까.

해도 될까 싶은 걸, 해선 안 되는 게 바로 노예들이 뼈저리게 깨달은 삶의 노하우였다.

하지만 이는 모두 약자들의 생각에 불과했는지도 모르겠다.

"아파하고 있어."

"……네?"

"누군가 괴로워하고 있다고!"

파랑이가 자리에서 벌떡 일어나더니 말릴 틈도 없이 문을 열고 바깥으로 튀어 나갔다.

당황한 얼굴을 한 유리나가 로켓을 바라봤지만, 그도 이 상황을 예상하진 못한 듯했다.

다만 추측되는 건 있나 보다.

"빌어먹을 너튜브…… 히어로물 따위를 보게 하면 안 되는 거였는데."

그리 중얼거리며 로켓은 빠르게 파랑이의 뒤를 쫓았다. 유리나도 어쩔 수 없이 밖으로 뛰쳐나왔다.

본래 이렇게 비명이 터질 때는 집 안에서 버티곤 했기에, 밖으로 나와 보는 건 또 오랜만이었다.

―왜 내가 죽어야 해? 내가?

―살려 준다며! 약속했잖아!

―ㅎㅎㅎㅎㅎㅎㅎ! 꼴 좋다!

소리를 줄여 주던 얇은 벽조차 없어지니, 비명은 더더욱 적나라한 음성을 쏘아 냈다.

유리나는 사방에서 쏟아지는 비명에 질식할 것만 같았다.

단순히 소리가 무서운 게 아니다.

비명 속에 담긴 절절한 감정이, 누군가의 불행한 인생이, 고통 속에 사무친 절망이.

무자비하게 그녀를 괴롭혔다.

"이거 아래에서 들리고 있어!"

"……허튼짓은 하지 말라고 왕께서 말하셨어. 제발 가만히 있어 주면 안 돼?"

막무가내로 나아가는 파랑이와 어떻게든 막고자 노력하는 로켓의 실랑이!

하지만 힘의 차이는 여실히 존재했다. 결론은 처음부터 정해져 있는 것이다.

파랑이를 막을 수 있는 존재는 당장 이곳에 없었다.

"살려 달라고 말하잖아. 아프다잖아! 외면하는 건 영웅이 할 게 못 돼!"

"넌 영웅이 아니……!"

쿠구구구구궁!

로켓의 말은 파랑이가 내지른 남다른 주먹질에 의해 완전히 묻히고 말았다.

주변의 비명조차 삼킬 정도로 거대한 굉음이었다.

유리나는 눈앞에서 펼쳐진 장관에 저도 모르게 숨을 삼켰다.

입이 떡 벌어져 할 말이 나오질 않았다.

'……진짜 용이구나.'

조막만 한 손으로 바닥을 내리찍었을 뿐인데, 마치 세상이 무너질 것처럼 큰 지진이 일어났다.

바닥은 움푹 파이고, 여태 그녀가 차마 확인할 수조차 없던 지하가 드러났다.

유리나는 조심스럽게 구멍 난 바닥으로 내려갔다.

로켓이 그녀의 뒤를 따랐다.

"이건 대체……."

유리나는 정면에 있는 거대한 무언가를 살펴봤다.

파랑이도 그걸 보고 약간 당황한 표정을 짓고 있었다.

그도 그럴 게, 이곳엔 그녀가 찾는 도움을 바라는 인간은 애초에 없었던 것이다.

－죽여…… 줘……….

－살고 싶어! 살려 줘! 살려 달라고오오오!

－개자식아! 나 좀 살려 줘!

－끼이이이이이이아아아악!

뿌리였다.

지상에 잔뜩 자라난 나무들의 뿌리가 오직 한곳으로 엉켜 있었다.

그리고 그 중심엔 수십, 수백 개의 얼굴의 형상이 양각되어 비명을 지르고 있었다.

다양한 목소리만큼이나 다양한 얼굴이 뿌리에 박혀 소리만 내지르는 기괴한 장면이다.

황당하지만 그중 몬스터의 얼굴도 보였다.

"이게 다 뭐야……?"

파랑이가 탄식하며 그 뿌리로 다가가려 할 때였다.

그녀의 앞으로 투명한 막이 생겨나더니, 한 발짝도 옴짝달싹할 수 없게 되었다.

유리나는 언제부터였는지 그녀의 뒤에 선 존재를 깨달았다.

"……미, 밀트?"

이곳 던전의 주인이자, 시체정원을 가꾸는 진짜 악마!

밀트가 성큼성큼 파랑이에게 다가가더니 믿기지 않는다는 듯 중얼거렸다.

"어쩐지 정원이 시끄럽다더니…… 용, 넌 어떻게 들어왔느냐?"

"……넌 누구야?"

밀트의 시선이 날카롭게 가공되어 그 곁에 선 로켓에게 향했다.

본능적으로 몸을 웅크리며 땅의 마법을 발현했지만, 순식간에 그 형체는 지워지고 말았다.

파랑이가 눈에 쌍심지를 켰다.

"너 감히 우리 로켓한테……!"

크콰카카카카캭!

채 말을 끝내기도 전에 파랑이의 몸은 수많은 줄기에 엉켜 들어가고 있었다.

몸부림을 쳤지만 그럴수록 줄기는 더더욱 파랑이를 끌어당겼다.

유리나는 그 장면을 보면서 아무것도 할 수 없었다.

"놔! 이거 놔! 놓으라고오오!"

뿌리 속으로 파랑이가 삼켜질 때까지도 그녀는 움직일 수 조차 없었다.

밀트의 사유지

상황이 급변한 건 서서히 여명이 떠오를 즈음이었을 것이다.

[백귀, '로켓'이 가진 힘을 모두 소모하여 역소환되었습니다.]

……뭐?

강서준은 웨어울프의 피를 게걸스럽게 먹어 대던 재앙의 유성검을 회수하며 로그 기록을 다시 확인해 봤다.

믿기 어려운 메시지였다.

'역소환당했다고? 그 로켓이?'

다소 황당한 눈으로 감투를 확인해 봤다. 진짜 로켓은 실낱같은 기척을 내며 돌아와 있었다.

'대체 어떻게 된 일이지?'

어떤 타격을 입었는지 회복까지 더딘 로켓을 살피며 강서준은 입술을 잘근 깨물었다.

물어도 대답은 없을 것이다. 아무래도 의사소통조차 어려울 정도로 상태가 심각했으니까.

'뭐가 됐든 로켓이 저 꼴이 된 이유는 대충 알겠어.'

A급 중견 수준의 로켓이 아무런 신호조차 보내지 못하고 당했다.

그게 무얼 뜻하겠는가?

강서준이 알기엔 여기서 로켓을 그리 무력하게 만들 녀석은 한 놈밖에 없다.

'보스 몬스터.'

즉 유리나와 파랑이가 있는 쪽으로 '보스 몬스터'가 나타났다는 가정이 가능했다.

'그럼 파랑이는…….'

강서준은 애써 걱정을 접기로 했다.

설마 S급 몬스터인 '용'인 그녀가 쉽게 당할 거라고 생각하진 않는다.

설령 '야왕'이 상대라고 해도 그녀라면 쉽게 갖고 놀 만한 힘이 있었으니까.

그녀가 완전한 용이 아니라 해도 충분히 가능한 일이다.

여태 강서준과 함께하며 꽤 많은 성장을 거듭하질 않았던
가.

지적 수준이 날이 갈수록 성장하는 것만으로도 알 수 있었
다.

'문제는 여기 보스가 누군지 짐작하기 어렵다는 건
데……'

과거의 보스 몬스터였던 '야왕'은 현재 이곳에선 '엘리트
몬스터'로 분류된다.

모르긴 몰라도 던전의 주인이 이미 바뀌었다는 것이다.

'아마 높은 확률로 전생인이 보스 몬스터 자리를 먹었다고
추측할 수는 있겠지.'

하지만 추측만 할 뿐, 정답으로 확정 짓진 않기로 했다.

직접 두 눈으로 확인하기 전엔 모든 가능성을 열어 두는
게 좋았다.

강서준은 슬슬 정리되어 가는 노역장을 쭉 살피며 낮게 한
숨을 뱉어 냈다.

'느낌이 안 좋아.'

사실 강서준의 심경을 거슬리게 하는 건, 로켓이 돌아왔다
는 것만이 아니었다.

그는 눈앞에 드리운 메시지를 읽었다.

로켓이 역소환되고 얼마 안 된 시점에 새로 나타난 스킬
발동 메시지.

사실 이게 제일 문제였다.

[스킬, '위기 감지(A)'를 발동합니다.]

강서준은 한숨을 삼키고 그의 옆에 선 안센에게 말했다.
"아무래도 작전을 바꿔야겠어요."
"네?"
"지금 당장 바칼라돈으로 갈 겁니다. 길잡이를 수소문해
주세요."

바칼라돈은 중앙도시란 이름에 걸맞게 던전의 정중앙에
있는 도시였다.
　어떤 구역에서든 중앙을 목적지로 삼고 가다 보면 반드시
만나는 곳.
　해서 구역의 경계는 모두 바칼라돈과 맞닿아 있다고 할 수
있었다.
　그리고 강서준이 안센과 함께 있던 농장에선 약 20분이면
도착하는 거리였다.
　안센은 철옹성처럼 높이 솟은 바칼라돈의 성벽을 올려다
보더니 입을 열었다.

"이제 슬슬 알려 주셨으면 합니다."

"네?"

"아직 노역장에서의 일이 끝나지 않았어요. 이렇게 갑자기 움직이시는 데엔 이유가 있을 거잖아요?"

안센은 호흡을 길게 내뱉더니 강서준의 눈을 똑바로 바라보았다.

"역시 유리나에게 무슨 일이 생긴 거죠?"

"그게……."

"솔직히 말해 주셔야 해요."

잠시 대답을 고민하던 강서준은 천천히 고개를 끄덕여 긍정해 주기로 했다.

딱히 숨길 내용은 아니다.

"제 소환수가 역소환됐어요. 아마 유리나 씨가 있는 곳으로 보스 몬스터가 나타난 거겠죠."

"보, 보스 몬스터라고요?"

"뭐, 너무 걱정하진 않으셔도 될 겁니다. 수룡인 파랑이도 함께고, 유리나 씨는 분명 안전할 테니까요."

이건 어느 정도 확신한다. 상대가 누구든 유리나를 쉽게 건들 리가 없었다.

'주요 인물의 목숨을 감히 누가 건드려.'

게다가 유리나를 잡아간 데엔 모종의 이유가 있었다.

여태 그녀에게 시체정원에 마력을 뿌리도록 시켜 온 게 그

증거였다.

'그곳에서 대체 뭘 기르는 건지는 몰라도 무한에 가까운 마력이 필요한 거야.'

물론 안심할 순 없다.

사실 가장 큰 문제는 로켓이 역소환당했다거나, 그들이 보스 몬스터를 만난 게 아니니까.

말했듯 이번에 그가 작전을 변경하고 이리 급작스럽게 바칼라돈으로 향한 이유는 하나였다.

'내 레벨에 위기 감지라니……'

자고로 '위기 감지'는 플레이어의 레벨과 그 수준에 따라 갈수록 무용지물이 되는 스킬이다.

강해질수록 플레이어에게 위기란 없어지기 마련이니까.

근데 고작 A급 던전에서, 이미 S급 이상의 힘을 보유한 강서준에게 위기 감지가 나타났다.

'높은 확률로 유리나에게 안 좋은 일을 예감했을지도 모르겠어.'

진백호가 정령병을 앓아 죽을 위기에 처했을 때를 생각해 보면 단순한 문제였다.

모르면 모를까.

그녀를 알고 있는 상황이라면…… 이제 그의 위기 감지는 유리나의 안전에도 영향을 받을지도 모른다.

무엇보다 이 스킬은 주요 인물에 한하여 더더욱 예민하게 반응하는 듯했다.

강서준은 불안한 얼굴을 한 안센의 어깨를 툭 두드리며 말했다.

"그나저나 바칼라돈에 들어가 본 적이 있다고요?"

"……네. 많이 가진 않았지만 물품을 납품하러 차출된 적이 몇 번 있어요."

덜덜 떨고 있던 그는 강서준의 손에 닿아 약간 진정한 기색을 보였다.

그래도 안센이 길잡이라 다행이다.

마침 그가 바칼라돈의 지리를 꽤 알고 있었으니, 따로 길잡이를 찾는 시간을 절약할 수 있었다.

하물며 안센이라면 믿음직했다.

"시체정원을 찾아야 해요. 분명 바칼라돈 어딘가에 있을 겁니다."

"……네. 몇 군데 예상 가는 곳이 있어요."

하지만 그들이 바칼라돈의 성벽 인근에 다다랐을 즈음엔, 뭔가 일이 이상하게 돌아가고 있다는 걸 알 수 있었다.

안센이 미간을 찌푸렸다.

"너무 조용해요."

강서준도 고개를 주억거리며 성곽을 올려다봤다. 적막으로 휩싸인 그곳엔 어떤 몬스터도 경계를 서고 있질 않았다.

'보통 성문엔 여러 마리의 웨어울프들이 세관 조사를 비롯

하여 여러 업무를 본다고 들었는데.'

문도 활짝 열렸고, 주변엔 아무런 인기척도 느껴지질 않았다.

간간이 건물을 스치는 바람 소리만이 들리고 있었다.

"어떻게 이럴 수가 있죠?"

솔직히 이상했다.

현재 그의 영혼 부대가 노역장을 해방시키겠다고 던전을 들쑤시고 다니고 있질 않은가.

하여 바칼라돈으로의 진입엔 필연적으로 전투가 있을 거라고 생각했었다.

근데 정작 바칼라돈에선 외부의 공격을 막을 태세를 아예 갖추고 있질 않은 것이다.

아니, 막을 생각이 있었을까?

지금도 던전 곳곳에서 폭음이 들려오는데도 여긴 너무나 조용했다.

그나마 구역 정리를 빨리 끝내고 돌아온 켈은 강서준의 옆에서 정령을 부리더니 말했다.

"이곳만 그런 게 아니에요. 도시 안엔 생명이라 부를 게 하나도 없어요."

대관절 이게 어찌 된 일일까?

강서준은 안쪽으로 들어갈수록 더욱 황량할 뿐인 도시의 정경을 마주했다.

그는 미간을 좁히며 물었다.

"혹시 바칼라돈은 원래 이렇게 조용한 도시였습니까?"

안센은 고개를 가로저었다.

"그럴 리가요. 이른 새벽이라고 해도 바칼라돈은 늘 시끌벅적한 걸로 기억해요. 게다가 원래 늑대들은 야행성입니다. 지금이 한창때인데⋯⋯."

뒤이어 중앙광장 옆으로 길게 늘어진 상점가도 볼 수 있었다.

거리의 크기를 보면 수많은 사람이 바글거려도 이상하지 않을 규모였다.

가까이 늘어선 포차도 확인했다.

"아직 따뜻해요."

"⋯⋯방금 전까지 누가 있었던 것 같군요."

아직 식지 않은 음식이 김을 폴폴 풍기고 있었고, 안쪽엔 요리 중이었는지 화로에는 불이 타오르고 있었다.

"좀 더 수색해 보죠."

하지만 안으로 더 들어간들 상황은 변하지 않았다.

오직 적막만이 내려앉은 도시.

안센이 몸을 부르르 떨었다.

"귀신이 곡할 노릇이네요. 다들 하늘로 솟은 건지⋯⋯ 땅으로 꺼진 건지."

불행하게도 이후로도 그들은 살아 있는 사람은 단 한 명도 찾을 수 없었다.

강서준은 한숨을 삼키며 두 마리의 영혼도 소환해 봤다.

"야왕. 정말 몰라?"

─죄송합니다.

"올랑 그리브. 너도?"

─네! 모릅니다!

당당한 영혼들의 대답에 강서준은 짧게 혀를 찼다. 굳이 바칼라돈으로 안센을 데려온 것도 사실 이 녀석들이 제 역할을 못 하기 때문이었다.

"너네들 본진인데 기억을 잃으면 어쩌자는 거야."

─죄송합니다아아!

몇 번을 생각해도 쓸모없는 놈들이었지만 더는 뭐라고 할 수도 없었다.

사실 이 문제는 야왕이나 올랑 그리브에게만 국한된 게 아니었으니까.

'누구의 솜씨인지 참 철두철미하게도 일을 벌여 놨어.'

강서준이 던전에서 부활시킨 모든 웨어울프의 기억은 미묘하게 뒤틀려 있었다.

특히 '바칼라돈'이란 곳에 대한 기억은 일부러 지운 것처럼 보였다.

'그냥 백귀로 만들 걸 그랬나?'

백귀가 되면 영혼의 결속력은 더욱 강해져, 외압을 어느 정도 거둬 낼 수 있을지도 모른다.

설혹 '계약'과도 같은 무언가로 강제된 상태라면…… 강서준이 개입할 여지가 더 늘어난다.

하지만 애써 미련을 접었다.

야왕이나 올랑 그리브를 백귀로 만들지 않은 건, 놈들의 영혼이 질적으로 너무 나빴기 때문이다.

'오죽하면 마족보다 색깔이 더 짙어.'

백귀는 영혼의 교류가 필연적이고, 강서준은 가능하면 그런 질 나쁜 영혼과 교류하고 싶지 않았다.

게다가 구태여 교류할 만큼 가치가 높은 놈들도 아니다.

"어쨌든 이동하죠. 가만히 서 있어 봤자 답은 안 나와요."

"네, 이쪽입니다."

넓은 대로의 옆길을 쭉 따라 걷다 보니 으리으리한 저택이 늘어선 주거 공간에 다다랐다.

노역장에서 봤던 노예들이 살던 곳과는 하늘과 땅 차이가 느껴지는 아름다운 공간.

중세 시대나 판타지 세계관에서 으레 볼 수 있는 집사나 메이드가 관리할 것만 같은 저택이다.

"아마 가장 유력한 곳은 북쪽 숲이에요. 그곳엔 각종 동식물이 서식한다고 들었어요."

바칼라돈은 던전의 중추에 해당하기에, 도시 내부에도 사냥을 위한 숲은 있었다.

이곳은 NPC들이 레벨 업을 위해 즐겨 찾는 사냥터.

고렙의 몬스터도 즐비한 곳이다.

하지만 북쪽을 바라본 강서준은 고개를 가로저었다.

"아뇨. 거긴 아닐 겁니다."

높이 솟은 나무의 형태는 유리나가 묘사해 줬던 것들과는 너무나도 달랐다.

게다가 시민들이 즐겨 찾는 장소에 시체정원을 만들어 뒀을 리가 없었다.

"그럼 남서쪽에 있는 바칼라돈 대정원이라면……."

그러나 막상 정원 인근에 도착하니, 그곳 또한 찾는 곳이 아니란 걸 알 수 있었다.

이곳의 식물은 꽤 다양했지만 역시 시체정원으로 쓰기엔 너무 대중적이었다.

"시체정원은 인간을 잡아먹는 식인 식물이 가득해요. 여기도 아닐 겁니다."

다음으로 안센은 대정원에서 그다지 멀리 떨어져 있지 않은 커다란 저택으로 강서준을 안내했다.

"여긴 바칼라돈에서 가장 큰 저택입니다. 무언가를 숨기기엔 이곳만큼 적당한 곳이 없을 거예요."

강서준은 고개를 주억거리며 저택을 살펴봤다.

가장 큰 저택이라기에 얼마나 클까 했는데, 대충 그 규모만 하나의 성 같았다.

멀리서 살펴보기엔 로테월드를 연상케 할 정도로 방대한 크기였다.

'잠깐…….'

[스킬, '류안(S)'을 발동합니다.]

강서준은 저택을 살피며 나지막이 침음을 흘렸다. 그나마 여태 북쪽 숲과 대정원을 목표로 삼아 움직였던 이유가 떠올랐기 때문이다.

'유리나가 있는 곳엔 마력이 가득할 거야. 그러니 그 마력량이 많은 쪽을 추적했는데…….'

다시 저택을 살펴보던 강서준은 그곳에서 흘러나오는 마력이 아예 없다는 사실을 깨달았다.

강서준은 한눈에 알아볼 수 있었다.

'이곳이로군. 여기에 시체정원이 있어.'

실제로도 가까이 다가가니 그들 앞으로 메시지가 덩그러니 나타났다.

[이곳은 '밀트의 저택'입니다.]
[죽고 싶지 않으면 돌아가십시오!]

게임에서 보통 이런 문구는 반드시 들어오란 말과 일맥상

통한다.

그나저나 '밀트'라고?

강서준은 생소한 이름에 어깨를 으쓱이며 안센과 시선을 마주했다.

위험하다는 경고문이 있었지만, 여기까지 와서 멈출 생각은 없었다.

"그럼 들어가죠."

"……네!"

※

예전 같았으면 보초병이나 기사들이 지키고 있을 것만 같은 으리으리한 크기의 저택.

커다란 대문을 밀고 안으로 들어갔지만 침입자의 발소리만 들릴 정도로 고요하기만 했다.

"유령 저택이 따로 없네요."

건축 양식이 서양의 중세 시대풍이기 때문일까.

오래된 공포 영화에서 간간이 볼 수 있던 서양 귀신들이 곳곳에 숨어 있을 것만 같은 분위기였다.

유난히 공기도 차갑게 느껴졌다.

"정말 유리나가 여기에 있을까요?"

불안한 얼굴로 사방을 둘러보던 안센은 안쪽으로 들어갈

살위0.001%
랭커의귀환

수록 훨씬 을씨년스러운 풍경에 잘게 몸을 떨었다.

강서준도 경계를 늦추지 않고 답했다.

"네. 분명히 여기에 있어요."

[스킬, '류안(S)'을 발동합니다.]

강서준은 저택을 중심으로 거세게 몰아치는 마력의 흐름에 주목할 수 있었다.

폭풍 같은 마력은 드래곤의 들숨과 날숨처럼 강렬하게 주변을 휘젓고 다녔다.

솔직한 심정으로는 황당할 뿐이다.

'이만한 규모의 마력을 여태 못 알아봤다니.'

바칼라돈에 들어온 이후로 무엇이든 흔적을 찾기 위해 '류안'과 '영안'을 상시 발동 중인 그였다.

아무런 인적도 느껴지질 않아 일부러 높은 곳에 올라 주변을 살펴보기도 했다.

심지어 켈에게 시켜 바람 정령으로 바칼라돈 전역을 수색해 보라고 하질 않았던가?

이런 게 있었다면 발견됐어도 진즉에 발견되었어야만 한다.

'두 가지 경우를 산정할 수 있어.'

하나는 상대가 S급의 류안으로도 간파할 수 없는 '결계' 스킬을 보유한 경우다.

말하자면 L급 수준의 스킬을 갖고 있더라면 류안으로도 그 흐름을 간파할 수 없다.

'차라리 그게 나을지도 몰라. 기껏해야 스킬에 불과하니까.'

강서준은 두 번째 경우를 떠올렸다.

사실 이쪽이 더 최악이다.

'백도어 속에 있는 경우.'

아예 새로운 공간을 창출해서 숨기는 거라면?

류안은 당연히 발견할 수 없다.

일전에 '재앙의 유성'에서도 백도어를 찾기 위해 얼마나 오랫동안 고생을 했던가.

던전의 구석을 하나씩 전부 탐색해야만 겨우 찾을까 말까 한 곳이다.

'뭐 너무 비현실적인 얘기겠지.'

백도어란 무릇 관리자의 권한이다. 전생인이라 해도 가질 수 있는 힘은 아니었다.

'어느 쪽이든 조심해야겠어.'

이후로 적막한 저택을 가로질러 더욱 안으로 진입했다.

마력은 갈수록 짙고 농밀해졌고, 절로 경각심이 자라났다.

솔직히 야왕이 가진 것보다도 훨씬 묵직한 마력이 꽈리를 틀고 있는 느낌이었다.

"여긴……."

그리고 그 정도로 선명한 마력의 흐름이라면, 방향을 역추적하는 건 일도 아니었다.

저택의 밖에서 이 흐름을 찾지 못하여 아쉬웠을 뿐이지, 안쪽에서라면 충분히 길을 잃지 않을 자신이 있었다.

그는 곧 건물 뒤편으로 쭉 걸어 새카만 나무로 조성된 커다란 정원에 도달할 수 있었다.

가까이 다가가기 전엔 뿌옇게 보여 안쪽의 풍경조차 제대로 보이지 않았다.

하지만 모든 마력이 이곳에서 흘러나오고 있었다.

강서준은 바로 알았다.

'이곳이 시체정원이로군.'

유리나가 말했던 대로 나무들이 제멋대로 이리저리 춤을 추듯 움직이는 것도 보였다.

[스킬, '영안(S)'을 발동합니다.]

'진짜 춤을 추는 건 아니야.'

강서준은 나무의 가지에 걸린 영혼을 볼 수 있었다.

나무가 춤을 추듯 움직이는 건, 사실 나무가 그 영혼을 먹으려고 이리저리 움직일 때 보이는 현상에 불과했다.

"……들어가죠."

그렇게 안센과 시선을 교차한 강서준이 앞으로 걸음을 내디디려 할 즈음이었다.

　"저…… 할 말이 있습니다."

　켈이 입을 열었다.

　"어쩌면 제가 아는 사람일지도 모르겠어요."

　"응?"

　"아직 확실한 건 아닙니다만 케이. 당신도 알아 두는 게 좋을 것 같아요."

　한데 켈의 말이 채 끝나기도 전에 시체정원에서부터 무언가 거대한 마력의 흐름이 태동했다.

　빠르게 검을 움켜쥔 강서준이 정면으로 나섰고, 안센은 켈의 보호 아래에서 몸을 웅크렸다.

　휘이이이이잉!

　순식간에 다가온 거친 마력이 그들이 선 자리를 스쳤고, 강서준은 땅속에서도 마력이 솟구친다는 사실을 깨달았다.

　"……피해!"

　하지만 그보다 빠르게.

　[당신은 '밀트의 사유지'에 무단으로 침범했습니다.]
　['알 수 없는 힘'에 의하여, 당신에게 제약이 가해집니다.]

　강서준의 눈앞에 메시지가 드리웠다.

[당신의 능력을 봉인합니다.]

······뭐?

의문을 떠올릴 새도 없이 전신을 휘어잡는 미증유의 힘이
있었다.

마치 불가항력이라는 듯 빠르게 달라붙은 무언가는 그의
몸에 보이지 않는 족쇄를 걸었다.

[플레이어 '강서준'의 스텟이 봉인되었습니다.]

[플레이어 '강서준'의 스킬이 봉인되었습니다.]

[플레이어 '강서준'의······.]

황당한 메시지의 연속!

여태 이런 경우는 단 한 번도 없었기에 바로 받아들이기도
어려운 상황이었다.

'제아무리 테마 던전이라 해도 이건······!'

종종 테마 던전에서 그 배역에 어울리는 역할을 위하여 시
스템이 능력에 제약을 걸기도 한다.

강서준도 '대장장이 씬'이 되어 봤고, 이번엔 '노예
146,111번'이 되지 않았는가.

하지만 그 제약엔 조건이 있다.

오직 '시나리오' 안에서만 한정된다는 규칙이다.

'지금처럼 시나리오가 엉망인 곳에선 제대로 작동하지 않는 줄 알았는데.'

게다가 그는 '차원 서고의 주인'이 되면서 그 어떤 순간이 닥치더라도 능력을 쓸 수 있질 않았던가?

즉 작금의 상황은 그에겐 너무나도 생소하고 이례적인 경우라 할 수 있었다.

"심지어 여긴……."

어느덧 그는 시체정원이 아닌, 전혀 다른 공간에 서 있었다.

새하얀 벽과 새하얀 천장으로 둘러싸인 아주 기묘한 공간.

바닥까지 하얗게 물들어 정신 병원에 갇힌 듯한 기분을 들게 했다.

"케이 님?"

그나마 불행 중 다행으로 안셴도 같이 이동되어 있었다.

강서준이 그를 향해 물었다.

"괜찮아요?"

"네, 뭐…… 다친 곳은."

하지만 곧 안셴은 자신의 몸을 매만져 보더니 다급한 얼굴로 입을 열었다.

"케, 케이 님! 제 능력이……!"

제아무리 레벨이 낮은 플레이어라고 해도 오래 쌓은 스텟이 하루아침에 소멸하면 그만한 탈력감을 느끼기 마련이다.

강서준도 비슷한 상황이었다.

마치 지구가 온몸을 짓누르는 듯한 무게에 살짝 숨이 막히고 있었다.

'능력이 사라졌어.'

그것도 스텟이 모조리 증발한 것이다.

'대체 이게 어떻게 가능한 거지?'

강서준은 미간을 구기며 시야 오른쪽 상단도 확인해 보려 했다. 근데 더더욱 당황스러운 상황만이 그를 반기고 있었다.

'……로그 기록도 사라졌군.'

또한 혹시나 해서 떠올려 본 '상태창'이나 '인벤토리'도 묵묵부답으로 일관했다.

'시스템 자체가 봉인된 건가?'

황당하지만 그런 결론이 나온다. 옆에서 한숨을 쉬던 켈이 말했다.

"소용없을 겁니다. 여긴 완전히 독립된 공간입니다. 우리는 봉인됐어요."

"이곳이 어딘지 알아?"

"모르지만 누구의 짓인지는 잘 알죠."

강서준은 눈살을 찌푸리며 그의 얼굴을 바라봤다. 켈은 재차 한숨을 푹 내쉬더니 말했다.

"이건 밀트의 짓입니다."

"……밀트라면 저택의 주인?"

"네. 확실하지 않아 말하지 않았는데 이젠 믿을 수밖에 없겠어요. 이런 짓을 벌일 사람은 오직 '밀트'…… 그자밖에 없어요."

"대체 무슨 소리를 하는 거야?"

강서준의 질문에 켈은 잠시 말이 없었다. 심히 고민하는 듯 입을 쭉 내밀던 그가 겨우 입을 연 건 조금의 시간이 지난 뒤였다.

"밀트는 데이터베이스의 전(前) 기록자입니다. 컴퍼니 내에서도 전설처럼 회자되는 인물이죠."

그는 혀를 차며 말했다.

"그리고 우린 '기록자'를 다른 말로는 '전승인(傳承人)'이라고 부릅니다."

"전승인……?"

"단어 그대로의 뜻이에요. 그들은 죽어서 '전생(傳生)'을 하는 게 아니라, 데이터베이스에 본인의 영혼을 업로드하고 다음 채널에서 다운로드받아 '전승(傳承)'을 하니까요."

고작 모음 하나의 차이였지만 그 의미 자체는 천차만별로 달라지고 있었다.

강서준은 전승인이 전생인과 어떤 점이 다른지 바로 알 수 있었다.

'전생인 페널티가 없는 자.'

죽질 않았으니 잃어버린 과거도 없다.

강서준은 헛웃음을 지었다.

그러니까 '기록자'라는 '전승인'은 드림 사이드의 모든 역사를 기억하고 있다 해도 과언이 아니었다.

"물론 제약은 있어요. 기록자는 데이터베이스를 벗어날 수 없거든요."

"……그럼 밀트는 어떻게 된 거야?"

"그는 말했듯 '전 기록자'입니다. 잘못을 저질러 자격을 박탈당했고 아예 소멸됐다고 알려져 있으니까요."

켈의 말은 아직 끝나지 않았다.

"근데 만약 그가…… 소멸하지 않고 버젓이 데이터베이스를 벗어나 살아 있다면 어떨까요."

강서준은 불길한 예감을 지울 수 없었다. 결론은 이미 켈의 말속에 담겨 있다.

"……이 세계의 모든 걸 기억하는 괴물이 되어 있겠군."

켈은 천천히 고개를 주억거리더니 하얗기만 한 벽과 천장, 그리고 바닥을 쭉 둘러봤다.

"네, 그리고 녀석의 진짜 문제는 그 권능에 있을 겁니다."

"권능이라……."

"기록자는 일부지만 시스템을 조작해요. 이깟 하얀 방 정도는 손쉽게 만들 능력이 있죠."

다소 터무니없는 얘기지만 꽤 그럴듯하게 들렸다.

시스템을 조작하는 게 아니고서야. 일개 플레이어의 스킬로는 이만한 영향을 줄 수 없으니까.

또한 이 던전에 들어온 이후로 느꼈던 수많은 의문도 한 번에 해소되고 있었다.

'시나리오 퀘스트가 〈없음〉으로 표기된 거나, 이곳의 마력을 밖에서 볼 수 없었던 것들…….'

모두 시스템을 조작한 결과라면 간단히 납득할 수 있다.

하지만 이는 또 다른 의문을 야기한다.

"그렇게 멋대로 시스템을 조작해도 괜찮아?"

일전에 관리자조차 시스템을 함부로 조작할 수 없다고 말한 적이 있었다.

이 세계엔 밸런스가 존재하고, 멋대로 개입하면 시스템이 나서 응징하기 마련이니까.

관리자 '리루르크'조차 용을 소환하기 위하여 컴퍼니나 마족 등을 끌어들이질 않았던가.

"일개 NPC가 그래도 돼? 아무리 전승인이라 해도……."

"그야 모르죠. 오랫동안 살아온 사람이니…… 특별한 방법이 있는지도요."

"고작 맵을 구현하는 데에만 1만 명의 영혼이 소모될 줄은 몰랐는데…….”

그 중앙에 선 밀트는 신경질적으로 중얼거리며 소모된 영혼을 아까운 눈으로 바라봤다.

바칼라돈에서 확보한 주민들의 생명이 한 번에 반은 소모된 것만 같았다.

“조금만 더 부족했으면 아예 시도조차 못 했겠는걸.”

기왕이면 놈들이 착각할 정도로 미로도 구현하고 싶었고, 아예 다른 배경을 만들고도 싶었다.

한데 한 놈의 수준이 워낙 대단해서 기껏 만든다는 게 ‘하얀 방’뿐이었다.

그 능력을 봉인하는 것만으로도 1만 명이 소모되었으니…… 말 다 했다.

“그조차 완전하지 않으니.”

아쉬운 마음에 함정에 갇혀 버린 놈들을 둘러보던 밀트는 짧게 혀를 찼다.

직경 5m의 방.

이게 녀석을 가둘 수 있는 유일한 감옥이었다.

“그나저나 케이라…….”

이전 세계도 전부 겪어 온 그는 역시 ‘케이’란 존재에 대해 잘 알고 있었다.

역대 누구도 감히 시도해 보질 않던 헬 난이도를 골라, 누구도 가져서는 안 될 직업을 가진 유일무이한 플레이어!

될성부른 떡잎부터 달랐던 그의 과거를 상기하며 밀트는 쓰게 웃었다.

"……역시 네가 도깨비가 되었나."

운명일까, 혹은 저주일까?

지긋지긋한 도깨비와의 악연을 상기한 밀트는 미련 없이 고개를 돌렸다.

비록 '케이'나, '도깨비의 왕'이라는 변수가 나타났지만 이젠 신경 쓸 일은 없을 것이다.

이미 영원히 빠져나오지 못할 감옥에 가둬 버렸으니까.

그는 호흡을 가다듬으며 다시 한번 천년목에 모아 둔 던전의 주민들을 살폈다.

그저 뿌리에 얽매여 살았는지도 죽었는지도 모르는 아주 가여운 영혼들!

오랜 고목처럼 자신의 늙은 몸을 내려다본 그는 나지막이 입을 열었다.

"이 몸도 오늘이 마지막이겠군."

　

강서준은 나지막이 중얼거렸다.

"역시 스킬이 안 써져."

정말 시스템 자체가 먹통이 된 것처럼 그 어떤 커맨드도 성공시킬 수 없었다.

켈도 연신 정령을 부리려고 했지만 스텟 자체가 봉인되다 시피 한 상태에선 실피드는 아예 무응답으로 일관했다.

"흐음……."

그리고 스킬이 사용되지 않는다는 건 생각보다 더 심각한 문제를 초래하고 있었다.

'……도통 진정이 되질 않는군.'

종전부터 심장이 터질 듯이 뛰고 있었고, 얼굴이 화끈하게 달아오르는 중이었다.

당황스러운 상황에 몸이 먼저 반응해서 벌어진 현상이었다.

'침착 스킬이 해제된 탓인가.'

강서준은 '천무지체'를 가진 것으로 어떤 상황에서도 침착할 수 있는 부동(不動)의 마음가짐이 있다.

전투에 있어서 이는 대단히 중요한 요소였고, 실생활에서도 쉽게 패닉에 빠지질 않는다는 점에서 상당한 이점이었다.

근데 막상 없으니 기분부터 모든 게 달라지고 있었다.

'원래 마음이란 건 이렇게 금방 불안해질 수 있는 거였나.'

늘 달고 다니던 패시브 스킬이라 대단한 줄 체감하지 못했다. 잃고 나니 이보다 아쉬운 건 또 없었다.

"그래도 일단 진정해야겠지."

강서준은 일부러 심호흡을 하며 고조된 기분을 가라앉혔

다. 불안함은 계속 자라났지만 억누를 수는 있었다.

스킬이 없더라도 그에겐 여태껏 해 온 산전수전의 경험이 있었으니까. 이건 제아무리 놈이라도 지울 수는 없을 것이다.

"하나씩 체크해 보자."

강서준은 일단 가장 가능성이 높은 '영혼'에 기대했다.

자고로 영혼은 시스템조차 함부로 건드리지 못하는 곳이다.

이 부분을 공략한다면 방법이 생길지도 모른다.

'내 말 들려?'

─네. 잘 들려요.

다행히 예상대로 여긴 건드리지 못했나 보다.

켈과 시선만으로도 생각을 교류한다는 건, 영혼이 여전히 닿아 있다는 증거였다.

'즉 시스템은 여전하단 거야.'

하기야 정말 시스템 자체가 봉인된 거라면 켈은 벌써 죽었어야 마땅하다.

그는 강서준의 스킬에 의해 부활한 존재니까.

시스템이 기능을 하질 못한다면 켈 또한 신체를 제대로 유지할 수 없어야 옳다.

'켈이 사라지질 않는 것만으로도 일단 긍정적으로 볼 여지는 있어.'

강서준은 다른 시도도 해 봤다.

'라이칸.'

—…….

'오가닉.'

—…….

'알리!'

—…….

하지만 그 어떤 말도 쉽게 닿질 않았다. 말하려는 것들이 어딘가에 툭툭 막혀 끊기는 느낌이었다.

영혼으로 연결되어 있더라도 당장 이곳을 벗어나지 못하는 한, 통신은 불가능했다.

―난 왜 안 불러?

감투에서 이루리가 아우성을 토로했다. 역시 같은 공간에 있어서 그런지 그녀와의 의사소통은 무리가 없었다.

'넌 될 것 같아서.'

―그래도 서운하잖아.

'흐응…….'

강서준은 어깨를 으쓱이며 이루리와 생각을 공유했다. 그 래도 한 사람씩 연결된 느낌을 받을수록 정신적으로 차분해 지는 기분이었다.

'그런 의미에서 이루리…… 넌 어떻게 생각해?'

강서준은 기대의 찬 눈빛으로 이루리의 답변을 기다렸다. 그녀는 여태 그가 봤던 사람 중 가장 똑똑한 사람이었다.

-내 생각엔 '바이러스'에 당한 것 같아.

　'……바이러스?'

　-그게 아니고서야 널 이렇게까지 무력화시킬 순 없거든.

　강서준은 곰곰이 고민하다 결국 고개를 주억거리며 긍정했다.

　'차원 서고의 주인'은 어떤 상황에 있더라도 스탯이나 스킬을 사용할 수 있다는 특징이 있다.

　이는 시스템에 의해 정해진 일.

　이를 번복하면서 그를 봉인하려면, 적어도 시스템에 반하는 짓을 해야만 한다.

　바이러스가 아니고서야 설명이 안 된다.

　'게다가 상대는 전승인이니까.'

　그 오랜 세월을 살아온 괴물이, 시스템을 조작하는 걸 넘어 바이러스도 만진다는 건 썩 이상한 일은 아닐 것이다.

　섭종 된 세계에서 강서준도 바이러스를 직접 조작해 본 경험이 있었으니까.

　이루리는 말을 이었다.

　-왜 이곳에 가뒀는지도 생각해 보면 좋을 것 같아.

　강서준은 주변을 둘러봤다.

　하얀 방은 그 어디에도 문이라고 할 만한 건 보이지도 않는다. 사방이 막힌 감옥 같았다.

　-문제가 생겼을 때는 출제자의 의도를 파악하는 게 가장 중

요하거든.

이루리의 말마따나 잠시 고민해 보니 쉽게 답을 알 수 있었다.

'아마 날 이길 자신이 없어서겠지.'

추측하기론 밀트는 시스템과 바이러스를 조작하는 전무후무한 NPC라 할 수 있다.

전승인이란 남다른 특징으로, 상당히 강할 것으로만 여겨지는 존재.

하지만 고작 A급 던전에 여태 숨어 있던 데엔 그만한 이유가 있지 않을까?

세계 정복을 할 수 있는 힘을 갖고서도 몸을 웅크리고 있다면, 분명 이유가 있을 것이다.

강서준은 거기에 주목하기로 했다.

'시스템을 제멋대로 다룰 수 있는 건 아닐지도.'

정규 채널에서는 관리자조차 눈치를 보는 게 시스템을 다루는 일이다.

그런데 일개 NPC가 이를 쉽게 해낸다고?

몇 번을 생각해도 말이 안 된다.

'조건이 있을 거야.'

-응. 그리고 한계도 있겠지.

이곳을 탈출하기 위해서라면 무얼 먼저 찾아야 할지 얼추 감이 잡히고 있었다.

이제 머릿속에 세운 가설을 하나씩 풀어 보면…….

"다 끝이에요!"

강서준은 옆에서 바닥에 망연자실하여 주저앉은 안센을 볼 수 있었다.

그는 땅이 꺼져라 한숨을 푹 내쉬었다.

"다 빼앗겼다고요."

"……."

"유리나한테 미안해서 어떡하죠? 구하겠다고 약속했는데, 그랬는데!"

그는 분에 못 이겨 힘껏 바닥을 주먹으로 내리찍었다.

"왜, 왜 나한테만 이런 일이 벌어지는 거죠?"

거의 울 것 같은 얼굴로 중얼거리던 그는 대뜸 강서준을 올려다보더니 말했다.

"당신은 괜찮은 거죠? 그죠?"

"네?"

"그럴 줄 알았어요. 당신처럼 강한 사람이 고작 이런 함정에 갇힌다니! 말이 안 되는 얘기였죠."

그가 막연하게 희망을 들먹이며 중얼거렸지만, 강서준은 그가 원한 대답을 해 줄 수 없었다.

"아뇨. 저도 똑같아요."

"그런……."

이젠 '침착'하기도 어렵고, 나머지 스텟 보정도 없어 아무런 힘도 없었다.

아마 이 상태라면 어지간한 몬스터 하나조차 쓰러트리기 버거울지도 모른다.

맨 처음에 만난 망치고블린조차 어려울 것이다.

강서준은 애써 웃으며 말했다.

"괜찮을 겁니다. 우린 여길 빠져나갈 수 있어요."

하지만 그 말에도 안센의 우울한 표정을 지우지 못했다. 되레 그는 어이없다는 듯 헛웃음을 지으며 중얼거렸다.

"무슨 수로요?"

이윽고 올려다본 안센의 눈동자는 빛 한 점이 없을 정도로 새카만 색이었다.

희망을 놓아 버린 자의 눈.

"이제 당신도 특별하지 않잖아요."

"네?"

"……아무것도 할 수 없어요. 근데 여길 어떻게 나간다는 겁니까."

그는 고개를 절레절레 젓더니 실이 뚝 끊어진 인형처럼 고개를 아래로 늘어뜨렸다.

"다 끝난 거라고요, 다……."

저절로 절망에 빠진 사람에게 무슨 말을 해 주어야 마땅할까.

잠시 말을 머뭇거리던 강서준은 그에게 필요한 말이 '위로'

같은 게 아니라는 걸 알 수 있었다.

"당신들이 왜 아직도 이 던전을 공략하지 못했는지 이제야 알겠네요."

"……?"

"그딴 마인드니 공략이 될 리가 없지."

과연 이 공간에 빠진 지 얼마나 됐다고 저리 쉽게 포기하는 걸까.

가진 능력을 모조리 잃었다는 탈력감은 이해된다.

하지만 이토록 빠른 포기는 납득하기 어려웠다.

'그래도 광산에선 동료를 구하겠다고 주저 없이 나서길래 기대했더니만…….'

하기야 동료를 구한다면서, 같이 죽으러 가자고 말하는 것부터 이상하긴 했다.

강서준은 짧게 혀를 찼다.

"무슨 포기가 특권도 아니고."

그런 강서준의 말이 안센에게 자극이 됐을까. 그는 얼굴까지 붉혀 가며 소리쳤다.

"누군 포기하고 싶어서 포기하는 줄 알아요?"

"지금 그러고 있잖아요."

"……능력이 없는 걸 저보고 어떡하라고요? 할 수 있는 게 아무것도 없는데!"

그는 되레 성난 눈초리로 말했다.

"불가항력 앞에선 인간은 원래 무력한 법이에요. 우린 할 만큼 했다고요."

"같잖은 자기합리화군요. 그러면 마음이 편합니까?"

"그래요. 그렇게 보일 수도 있겠죠. 하지만 노력해도 소용이 없는 것도 있는 겁니다."

"글쎄요. 패배자의 변명으로밖에 들리지 않는군요."

안센은 큰 목소리로 외쳤다.

"세상 사람들이 전부 당신 같은 줄 알아요?"

어느덧 흥분을 주체하질 못하겠는지 강서준의 멱살까지 잡은 안센은, 강서준의 얼굴을 똑바로 노려보며 입을 열었다.

"나라고 안 해 봤겠어요? 노력? 해도 안 되는 걸 뭘 어떡하라고요!"

"정말 최선이라고 생각해요?"

"뭐요?"

"그게 당신의 최선이 맞냐고요."

강서준은 그의 시선을 피하지 않고 그대로 마주했다. 올곧은 눈빛에 결국 꼬리를 내린 건 안센 쪽이었다.

"……그래요. 당신 같은 사람이 뭘 알겠습니까. 태생부터 금수저인 당신이 선택받지 못한 나 같은 인간을 이해할 리가 없지."

"네?"

"됐습니다. 당신처럼 처음부터 돈 있고 빽 있고 능력 있는 사람은 모르는 겁니다!"

강서준은 그제야 안센이 무슨 착각과 아집에 사로잡혔는지 알 수 있었다.

아니, 이건 비단 안센에게 국한된 문제가 아니었다.

어쩌면 노예들…… 그들 사이에서 전반적으로 흐르는 깊은 패배 의식이 만들어 낸 심각한 오류다.

"착각하지 마세요."

"?"

"내 상황이라고 당신들보다 좋진 않았으니까. 막말로 나도 뭣도 없었습니다."

고아였고, 빚쟁이였으며, 백수였던.

세상의 그 무엇도 가지질 못한 N무 세대의 전형.

강서준의 과거는 빛나지 않는다.

"거짓말…… 적어도 드림 사이드는 시작부터 혜택을 받고 출발했잖아요. 무려 랭킹 1위의 혜택을!"

"그건…….."

"결국 세상을 주도하는 건 선택받은 사람들인 겁니다."

요즘 세상은 수저 색깔로 사람의 수준을 구분하곤 한다.

금수저, 은수저, 동수저, 흙수저…….

가지고 있는 재력으로 등급을 나눠, 그 사람의 인생을 쉽게 판단 내리기도 했다.

강서준은 쓰게 웃으며 긍정했다.

"틀린 말은 아니네요."

세상은 불공평하다.

마라톤에서 고급 운동화에 질 좋은 운동복을 입은 사람과, 맨발에 형편없는 옷을 걸친 이가 같을 수는 없다.

N무 세대의 전형인 그가 이를 모를 수는 없었다.

그 빌어먹을 구조는 그가 생각하기에도 불쾌하기까지 하다.

"하지만 역시 당신은 착각하고 있어요."

말했듯 세계는 불공평하다.

섭종 보상이 혜택이라면 혜택이고, 결국 누군가는 받지 못했을 특권이라 할 만하다.

하지만 그게 그 사람의 모든 걸 완성하는 토대라고 말할 수 있을까?

"인생을 좌우하는 게 고작 그것뿐일 리가 없잖아요."

"뭐요?"

"상대적으로 유리할 뿐, 절대적으로 성공을 보장하는 게 아닙니다. 이건 당신이 더 잘 알잖아요."

그도 천외천이었기에, 어쩌면 출발점은 강서준과 비슷했는지도 모른다.

"시작부터 결말이 정해져 있다면, 이 세상엔 반전이란 게 없어야 할 겁니다."

적어도 아무것도 가지지 못했던 강서준이었기에, 그는 이렇게 믿고 싶었다.

"결국 당신이 어떤 선택을 하느냐에 따라 결과는 바뀌는 법이라고요."

어찌 보면 게임이나 현실이나, 크게 다른 건 하나도 없다.

어떤 선택을 하고, 무엇을 성장시켰느냐에 따라 향후 S급 몬스터를 잡을 수 있는지 정해질 테니까.

잠시 강서준의 얼굴을 바라보던 안센은 깊게 한숨을 뱉더니, 겨우 흥분을 가라앉힌 얼굴로 말했다.

"……하지만 불공평한 건 맞잖아요. 당신도 그건 인정하잖아요."

"네. 인정해요. 불공평하죠. 근데 그게 중요합니까?"

"그야 중요하죠!"

강서준은 고개를 가로저었다.

"불평한들 변하지 않는 것에 고민하지 마세요. 그건 진짜 시간 낭비니까."

"뭐요?"

"진짜 바꿀 수 있는 것에 집중하는 게 낫다는 말입니다. 당신의 최선은 생각보다 많은 걸 해낼 테니까."

강서준은 쓰게 웃으며 말했다.

"중요한 건 포기하지 않는 겁니다. 빌어먹을 정도로 불평등한 구조에 무력하게 절망하지 말라고요."

그리고 안센은 비명처럼 중얼거렸다.

"하지만 지금…… 우리가 뭘 더 할 수 있죠? 포기하지 않는다고 뭘 바꿀 수 있죠? 가진 걸 전부 빼앗겼는데!"

강서준은 어깨를 으쓱이며 하얗게 번진 방을 쭉 둘러봤다.

플레이어의 능력은 봉인됐고, 바이러스에게 잠식된 이 공간에 갇힌 상황이다.

골칫덩이 같은 문제 앞에서 그는 아무런 능력도 가지지 못한 일개 인간일 뿐이다.

하지만.

"……웃기지 않아요?"

"네?"

"언제부터 우리가 스킬에 의존하고 살았습니까?"

강서준이 플레이어로 살아온 건 31년의 삶 중 고작 1년을 조금 넘는 정도에 불과하다.

근데 고작 1년의 성과를 잃어버렸다고 하여, 모든 게 다 끝났다고 생각한다니.

참 아이러니하지 않은가.

강서준은 눈을 빛내며 말했다.

"걱정 마요. 반드시 공략을 찾아낼 겁니다."

마왕 제레브와의 계약

문제를 해결하려면 가장 필요한 건 무엇일까.

강서준은 가볍게 하나를 부정했다.

'적어도 스킬은 아니야.'

세계가 이 난리가 되기 전부터 인간은 원래 갈등을 겪고, 이를 해결하며 살아왔다.

'침착' 스킬이 없어도 전쟁터에서 침착한 군인은 있었다.

'초상비'가 없어도 올림픽에서 금메달을 땄고, '힐'이 없어도 죽어 가는 사람을 살렸다.

그 규모나 편의성에서 엄청난 차이가 있겠지만, 어쨌든 사람들은 여태껏 스킬이 없더라도 아주 잘 살아왔다.

수천 년에 이른 역사가 증명한다.

'결국 스텟이나 스킬은 잘살기 위한 수단에 불과해.'

강서준은 한 가지 가정을 해 봤다.

만약 사람들이 '플레이어'란 능력을 각성하지 못했다면 어땠을까?

각종 초능력이 없는 상태에서 던전 아포칼립스 세계관을 맞이하게 된다면……?

'훨씬 많은 사람이 죽었겠지.'

지금과는 비교조차 안 될 인류가 희생됐을 것이다.

벌써 멸망에 근접했을지도 모르고, 재난 영화 속에서 무력하게 희생당하는 사람들의 얘기는 바로 그들의 일이 될 수도 있다.

'하지만 버텼을 거야.'

말했듯 문제를 해결하는 데에 필요한 건, 결코 '스킬' 따위가 아니다.

그보다 중요한 건 따로 있다.

'문제를 해결하려는 의지.'

주어진 상황에서 최적의 방식을 찾아 적용시키려는 전략, 혹은 공략이다.

'모르긴 몰라도 멸망한 세계에서도 인류는 정답을 찾아 움직이고 있었을 거야.'

강서준은 안센과 시선을 마주했다.

"상황은 간단해요. 우린 함정에 빠졌고 능력을 봉인당했어요. 여긴 밖으로 나갈 문조차 없는 밀폐 공간이죠. 아마 최악이라 할 수 있겠죠?"

"……."

"근데 여기서 잃은 건 중요하지 않아요. 지금 스텟이 봉인되고 스킬을 쓸 수 없는 사실은 결국 문제 해결에 도움이 되진 않으니까요."

그의 차분한 어조에 안센이 천천히 고개를 주억거렸다.

강서준은 씨익 웃으며 말을 이었다.

"잘 생각해 봐요. 우리가 지금 잃지 않은 게 무언지……
가진 게 무엇인지."

"……."

"카드 게임에서 조커 카드를 잃었다고 그 승부에서 지라는 법은 없다고요."

여기까지 말했는데도 안센은 정말 아무것도 모르겠다는 눈으로 강서준을 볼 뿐이었다.

제아무리 힌트가 도처에 깔려 있다고 하더라도 무언가에 꽂힌 사람은.쉽게 찾질 못하는 법.

특히 절망이란 안대를 쓴 사람은 한 치 앞도 알아볼 수 없게 되곤 한다.

강서준은 혀를 차며 물었다.

"아직 이상한 점을 못 느꼈어요?"

안센은 말없이 강서준을 쳐다봤다. 곰곰이 고민하는 눈치였지만 금방 답을 찾을 것 같진 않았다.

강서준은 더는 시간을 끌지 않기로 했다.

"언어요."

"……언어?"

"전 일본어를 할 줄 모릅니다."

안다고 해도 '곤니찌와(こんにちは)'나 '아리가또(ありがとう)' 정도의 인사말에 불과했다.

평범한 의사소통은 불가능했다.

'근데 막힘없이 얘기를 하고 있지.'

그제야 안센도 이상한 점을 깨달았는지 낮게 탄성을 뱉어 냈다.

"아이템은 작동하는군요."

"네. 대화가 통하는 게 증거죠."

강서준이 외국인과 처음 만나고도 막힘없이 소통할 수 있는 이유는, 전부 포탈 던전에서 구한 '통역기' 덕이다.

그리고 통역기는 자체 배터리를 내장하고 있어, 일정한 마력을 저장한 상태라면 굳이 추가 보충이 없더라도 작동시킬 수 있다.

"이 공간을 무어라 특정할 수는 없겠지만 아이템의 성능까지 지우진 못하는 겁니다."

"그럼 아이템을 써서 이곳을……."

"하지만 안심하긴 일러요."

강서준은 자신의 몸을 내려다보며 아이템을 하나씩 살펴봤다.

지난 1년이 넘는 시간 동안 열심히 사냥한 덕에 고렙의 아이템이 그의 몸에 즐비해 있었다.

'문제는 전부 무용지물이란 거야.'

플레이어의 아이템은 대개 '마력'을 주재료로 한다.

아무리 대단한 아이템이라 해도 플레이어가 마력을 사용하질 못한다면, 그 능력을 밖으로 끌어낼 수조차 없다.

하여 도깨비 왕의 감투에 숨은 '영혼 부대'를 꺼낼 수 없고, 이매망량은 꿈도 꾸지 못한다.

최소한의 마력은 필요한 장비니까.

'게다가 내 단검들은……'

강서준은 조심스러운 손길로 단검벨트를 쓸었다.

묵빛의 재앙의 유성검과 붉은빛이 감도는 그랑의 어금니 단검이 묵묵히 그 자리를 지켰다.

'꺼낼 수조차 없겠지.'

지금 몸으로는 '재앙의 유성검'을 꺼낸 즉시, 놈에게 피를 빼앗겨 미라가 될 것이다.

그랑의 어금니 단검도 똑같다. 화룡의 불꽃을 견디질 못하여 온몸이 불타 죽어도 이상하지 않았다.

고렙의 장비는 그만한 수준을 갖추어야 겨우 사용할 수 있다.

"……그러면 의미가 없잖아요."

비명을 삼키고 한숨으로 그 자리를 대신한 안센은 다시 금방 포기할 태세였다.

개복치도 아니고 정말 숨 쉴 틈도 없이 삶을 던지길 이리 좋아한단 말인가.

드림 사이드 1에선 저 정도로 가루 멘탈은 아니었던 걸로 기억하는데.

강서준은 어깨를 으쓱하며 답했다.

"걱정 마요. 안 될 일이었으면 말도 안 꺼냈으니까."

강서준은 시선을 그의 오른손으로 고정했다.

사실 이 사실을 알아낸 순간부터 단 한 가지 의문이 계속 떠오르고 있었다.

강서준은 대뜸 입을 열었다.

"아이템에 제약이 없다는 걸 안 이후로 정말 궁금했어."

"네?"

"단검벨트에 힘이 봉인된 단검이야 그렇다 쳐도, 왜 네가 가만히 있는지 이해할 수 없겠더라고."

"대체 무슨……."

영문을 모르겠다는 얼굴로 그를 쳐다보는 안센을 향해 강서준은 고개를 가로저었다.

"안센 님에게 한 말이 아닙니다."

강서준의 시선은 다시 오른손에 착용한 반지에게 향했다.

"제레브."

하지만 그 말이 무색하게 반지는 어두운 빛깔을 흘리며 아무런 반응이 없었다.

강서준은 그게 가소로웠다.

자기 딴에는 숨는 것 같지만, 그게 더 이상하고 황당할 따름이다.

'왜 날 공격하지 않았을까.'

마왕 제레브의 반지는 재앙의 유성검이나, 그랑의 어금니 단검처럼 그 힘을 봉인할 단검벨트가 없다.

즉 아무런 제약 없이 나약해진 강서준을 공격하고, 그 몸을 차지하는 건 일도 아니라는 뜻이다.

'그런데도 가만히 있는 거야.'

강서준은 그게 말이 안 된다고 생각했다. 설마 마왕이 이 기회를 놓칠 리가 없었으니까.

'그러니 확인해야 해.'

강서준은 삼고초려를 시도하는 유비의 마음가짐으로 다시 한번 반지를 향해 목소리를 냈다.

"슬슬 나와서 인사라도 하지?"

"……."

"거기에 있는 거 다 알거든?"

그런 재촉이 결국 통했을까.

스츠츳!

반지로부터 검붉은 마기가 번뜩이며, 흑색의 스파크가 일어난 건 그때였다.

강서준은 어느덧 눈앞으로 나타난 한 남자를 마주할 수 있었다.

"오랜만이야. 제레브."

마왕의 강림이었다.

⊰⊱

빳빳한 깃이 선 연회복에, 새카만 머릿결이 중단발로 자란 모습.

그리고 덥수룩한 수염과 언뜻 폐인처럼 보이는 몰골.

대충 보면 형편없는 모습이었지만 강서준은 그 외형에 속지 않았다.

'마왕 제레브.'

이 녀석의 수준은 마왕 중에서도 세 손가락에 들 정도로 강한 편이었으니까.

비록 드림 사이드 1에서의 강서준이 지나치게 강하여, 상대적으로 별 볼 일 없게 느껴졌을 뿐이다.

제레브는 씨익 웃더니 마기를 쓱 쓸어 올렸다.

"죽음이 무섭진 않나 보군."

"……허, 허어억!"

끌어올린 마기에 옆에 있던 안센의 눈동자가 뒤집어졌다.
하지만 강서준은 그를 챙겨 줄 여유가 없었다.

플레이어의 스텟 보정도 없이, 아무런 스킬의 보호도 받질
않은 상태로의 '마기'는 그것만으로도 치명적이니까.

강서준은 입술을 잘근 깨물었다.

"……허튼수작은 그만둬."

"뭘?"

"네가 날 죽일 생각이 없다는 건 이미 알고 있으니까."

강서준의 말에 제레브가 광오한 웃음을 터뜨렸다. 그 웃음
에도 마기가 담겼는지 귀청이 떨어져 나갈 것만 같았다.

"오만하구나. 아직도 자기 주제를 모른단니."

"……."

"당장이라도 널 죽일 수 있다."

서슬 퍼런 시선이 강서준의 뇌리를 파고들었다.

이미 몸으로 스며든 마기는 금방이라도 그를 미치게 만들
속셈인지, 온몸을 뜨겁게 달구었다.

꽉 깨문 입술에서 피가 주룩 흘렀다.

강서준은 도발적인 눈으로 말했다.

"……그럼 죽이든가."

"뭐?"

"말만 하지 말고 진짜 해 보라고."

아나 녀석의 손가락으로도 강서준이란 사람은 쉽게 으깨

지고도 남을 것이다.

플레이어도 아닌, 일개 인간은 마왕의 콧김도 버티질 못하는 게 현실이니까.

하지만 강서준은 결코 물러서지 않았다. 녀석이 그를 죽일 생각이 없다는 건 이미 알고 있다.

'죽일 거라면 진즉에 죽였겠지.'

그리 얼마나 대치했을까?

츠츠츠츳!

곧 강서준의 전신을 휘감던 마기가 제레브의 몸으로 빨려들어가기 시작했다.

안센도 겨우 숨을 헐떡이며 눈을 껌뻑였다.

"재미없군. 끝까지 마음은 안 꺾이는구나."

강서준은 어깨를 으쓱했다.

"바랄 걸 바라."

그리고 피식 웃으며 물었다.

"그래서 진짜 목적이 뭐야?"

아무리 생각해도 제레브가 그를 죽이지 않고, 아예 탐내지 않는 이유는 하나밖에 없었다.

그의 '신체'보다, '영혼'이 중요한 경우.

그러니까 심신이 멀쩡한 강서준만이 해낼 수 있는 무언가가 있기 때문이다.

제레브는 혀를 차며 말했다.

"네가 해 줬으면 하는 일이 있다."

"무슨 일?"

"그것만 도와준다면 나도 널 도와주겠다고 마왕의 심장을 걸고 약속하지."

해 줬으면 하는 일이라…….

강서준은 문득 녀석에 대한 정보를 떠올릴 수 있었다.

'나태왕(懶怠王) 제레브.'

누구보다 위대한 재능을 갖고서도 이를 갈고닦질 않아, 결국 세계의 멸망을 방관했다는 타락 용사.

과거에 읽은 그에게 관련된 서적만으로는 솔직히 무슨 생각을 하는지 알 수 없었다.

'불안한데…….'

이럴 때 '이루리'의 거짓 판별 능력을 사용할 수 있었다면 얼마나 편했을까.

상대의 의중을 고민할 필요도 없이 진실을 가려내는 건 생각보다 훨씬 유용한 일이다.

아주 최소한의 마나만 있었으면 됐을 텐데…….

-아! 이제야 알겠네!

돌연 머릿속으로 이루리의 음성이 들려왔다.

-밀트가 바이러스를 사용하고 어떻게 시스템에게 안 들켰는지 알 것 같아.

'뭐?'

-한때 나도 생각해 본 방법인데. 결국 시도하질 않은 게 있거든!

　이루리는 바로 말을 이었다.

　-트래픽이야. 데이터를 폭주시켜 조작한 정황을 가리는 거야.

　'……자세히 설명해 봐.'

　-인간의 영혼은 '기억'이자, '데이터'잖아? 근데 만약 그 데이터가 일시에 폭증하면 어떨까? 예를 들어, 동시에 수천 명이 죽는다면……?

　서버에 데이터가 폭주하면 그 서버는 렉이 걸리고, 이는 전산 처리에 오류를 발생시킬 수 있다.

　즉 트래픽을 과부시킨다면 시스템은 제 기능을 다 하지 못할 가능성이 있다.

　문득 소름이 끼치는 예감이 들었다. 강서준은 천천히 하얀 방 내부를 훑었다.

　'고작 이런 곳에 날 가두려고 대체 얼마나 많은 사람을 희생시킨 거지?'

　확실한 건 적지 않은 숫자라는 것이다.

　모름지기 덩치가 클수록 가림막의 크기 또한 커져야 마땅하니까.

　'내 능력을 봉인하려면 그만한 규모의 데이터가 필요할 거야.'

강서준은 이젠 피비린내마저 흘리는 입술을 세게 짓씹고, 한숨과 함께 잡념을 털어 냈다.

　어쨌든 지금 당장 중요한 건 이 불쾌한 공간을 하루빨리 벗어나는 것이다.

　그때, 제레브가 차분하게 말했다.

　"케이, 날 죽여 줘야겠어."

　"……뭐?"

　"너라면…… 아니, 너만이 진짜로 날 죽일 수 있을 거야."

　굳이 이루리의 거짓 판별 능력이 없더라도 녀석의 진지한 얼굴 속에서 진심을 찾을 수 있었다.

　'……죽음을 원한다라.'

　그리고 그 말의 속뜻이 단순히 HP 바가 0으로 수렴하여, 죽음에 이르는 것만을 뜻하는 게 아닐지도 모른다는 생각이 들었다.

　아마 놈이 강서준에게 원하는 건 더 근본적인 데에 있을 것이다.

　강서준은 눈살을 찌푸리며 물었다.

　"너…… 삭제되고 싶은 거냐?"

　강서준은 잠시 고민해 봤다.

　'불가능한 일은 아니야.'

　제레브의 의도가 무엇이든 녀석이 원하는 '죽음'은 강서준이 이뤄 줄 수 있다.

그는 마침 영혼을 다룰 수 있는 '도깨비의 왕'이며, 그에 필요한 도구도 있었으니까.

아마 영혼 그 자체에 대미지를 준다면, 제아무리 전생인이라 해도 다음 생으로의 전생은 불가능할 것이다.

'넘어갈 데이터 자체가 손상되면 당연히 백업도 어려울 테니까.'

강서준은 미간을 좁히며 물었다.

"근데 그럴 필요가 있나? 어차피 전생할 일은 없을 텐데."

누누이 말했듯, 강서준은 이 세계를 이번 채널에서 공략할 생각이었다.

다음 정규 채널이 생성될 일이 없으니, 놈들이 전생할 일도 없다.

"여전히 오만하군. 하지만 너라면 그럴 자격은 충분하겠지. 아마 공략도 해낼 거야."

의외로 순순히 긍정한 제레브는 이어서 입을 열었다.

"그래도 날 죽여 줬으면 해."

아주 확고한 말투였다.

강서준은 그 올곧은 시선을 가만히 바라봤다. 무슨 생각인지는 몰라도 그는 진심으로 '소멸'을 원하고 있었다.

'이유를 물어볼 필요는 없겠지.'

중요한 건 제레브에게 그의 능력이 필요하고, 당장 강서준에겐 녀석의 힘이 필요하단 것이다.

강서준은 단순하게 생각하기로 했다.

'어려운 일도 아니야.'

기껏해야 제레브는 A급 마왕이고, 녀석을 이미 공략해 본 전적이 있었으니까.

어차피 놈이 그를 방해한다면 죽일 생각이었고, 더욱 수고해서 소멸시키면 될 일이다.

오히려 이런 제안은 환영이다.

'어차피 다른 대안도 없고.'

강서준은 바로 입을 열었다.

"제안을 받아들이지. 힘을 빌려줘."

"……계약은 성립되었다."

고개를 주억거린 제레브의 몸에서 걷잡을 수 없는 마기가 끓어오른 건 그때부터였다.

쿠구구구!

강서준은 순식간에 휘몰아치는 마기의 폭풍을 피해 한 걸음 뒤로 물러났다.

류안이 없더라도 어마어마한 양의 마기가 방 안을 가득 채우고 있다는 걸 알 수 있었다.

'이 정도의 힘이라면…….'

곧이어 제레브의 손끝으로 검붉은 마기로 이루어진 한 자루의 태도(太刀)가 소환되었다.

일찍이 겪어 봐 그 위력을 알고 있는 스킬이었다.

‘어쩐지 마기를 지나치게 많이 끌어모으더니만…… 바로 필살기냐.’

강서준은 미간을 찌푸리며 말했다.

“……안센 님.”

“네?”

“준비해요. 곧 나갈 겁니다.”

크콰가가가각!

태도를 중심으로 마기가 폭풍처럼 휘몰아쳤다.

나태왕의 S급 스킬, 나태한 자의 말로(末路).

가지고 있는 모든 마기를 일시에 터뜨려 적을 분쇄하는, 오직 단발기에 특화된 필살기였다.

제레브는 잠시 뒤를 돌아보았다.

“약속 지켜라.”

한마디의 목소리를 끝으로 ‘나태한 자의 말로’는 세계를 부술 듯이 하얀 벽을 갈랐다.

쿠구구구구구……!

폭발의 잔향은 꽤 오랫동안 지속되었다. 휘몰아친 마기는 벽을 뚫다 못해 그 너머의 정경까지 거세게 헤집고 다니고 있었다.

레벨 400에 달하는 마왕이 모든 힘을 끌어모아 휘두른 공격은, 예상보다 훨씬 강한 파급력이 있었다.

'아니, 이게 고작 A급 몬스터의 능력이라 볼 수 있나?'

크콰카카카카칵!

허리케인처럼 몰아친 폭풍이 가라앉을 즈음엔 이미 주변에 남아나는 게 거의 없었다.

강서준이 다시 정신을 차린 건 폭풍이 그 힘을 다하고 완전히 사그라들 때였다.

['밀트의 사유지'가 완전히 파괴되었습니다.]
[플레이어 '강서준'의 봉인이 해제됩니다.]

잠시 눈을 껌뻑였을 때는 그에게 모든 힘이 돌아왔다는 걸 깨달았다.

강서준은 날 듯이 가벼워진 몸에 저도 모르게 헛웃음을 지었다.

'갑자기 만능해진 기분이군.'

있다 없으니까 부족한 게 더 크게 느껴졌고, 다시 되찾으니 가진 힘이 얼마나 대단했는지 깨닫는다.

강서준은 주먹을 쥐었다 펴며 돌아온 스텟을 확인했다.

일부 마기에 손상된 것들도 회복되는 걸 보며, 스킬도 정상적으로 복구됐다는 걸 알 수 있었다.

결국 그 하얀 방을 벗어난 거다.

"……도, 돌아온 건가요?"

안센도 황망한 눈으로 주변을 둘러봤다. 강서준은 일단 인벤토리에서 HP포션을 꺼내어 건넸다.

제레브에게 당한 마기 침식은 아직 안센을 괴롭히고 있었다.

"그나저나 말도 없이 사라지냐?"

종전에 힘을 다 쏟아부어서 그런지 마왕 제레브의 반지는 빛을 잃고 거무튀튀한 색이었다.

"네 본체가 어디에 있는지는 알려 줘야 할 거 아니야."

강서준의 신경질적인 물음에 반지는 일순 검붉은 빛으로 번쩍였다.

─……'재앙의 탑'에 있다.

"뭐? 네가 왜 거기에 있어?"

하지만 그의 말에 되돌아오는 대답은 없었다. 빛을 잃은 반지에선 더는 마기조차 느껴지지 않았다.

"……쯧."

강서준은 혀를 차며 반지를 내려다봤다. 삽시간에 머리가 복잡해졌기 때문이다.

'재앙의 탑이라고?'

그가 알기로는, 나태왕 제레브는 기껏해야 A급 보스 몬스터인 '마왕'이었다.

근데 S급 던전인 '재앙의 탑'에 있다는 건 대체 무슨 소리일까?

'뭔가 꿰인 느낌인데.'

잠시 고민하던 강서준은 이내 그 생각을 털어 내기로 했다.

당장 중요한 일은 아니었다.

'지금은 그보다…….'

강서준은 '나태한 자의 말로'가 휘젓고 간 시체정원의 일부를 살폈다.

일직선으로 대략 50m 정도는 완전히 초토화되어 있었다.

문제는 그것조차 시체정원의 극히 일부에 해당한다는 거였는데…….

"여기…… 원래 이렇게 컸어요?"

"아뇨. 그럴 리가요."

고개를 가로저은 강서준은 하늘 높이 솟은 거대한 나무를 바라봤다.

시체정원의 중심엔 세계수처럼 거대한 나무가 무려 구름을 뚫고 하늘에 솟아 있었다.

"정원이 성장했어요."

커다란 나무 한 그루가 전부가 아니었다. 근처에 있던 저택이나 상가, 바칼라돈의 도심이 일제히 나무에 침략당한 것이다.

-왕이시여!

-드, 드디어 연결이……!

-큰일입니다!

강서준은 일제히 들려오는 백귀들의 음성도 확인할 수 있었다.

멀리 던전의 곳곳에 흩어져 있던 그들의 다급한 감정이 고스란히 전달되었다.

'무슨 일이야?'

-가, 갑자기 땅에서 줄기가……!

'아니, 됐어. 직접 볼게.'

강서준은 의식을 집중시켜 백귀들의 시야를 확인하기로 했다. 우선 가장 그를 애타게 부르는 라이칸의 시야를 먼저 보았다.

크콰카카카카칵!

건물을 부수고 솟구친 하나의 나무줄기!

마치 던전화를 앞둔 기생수처럼 솟구친 나무는 그대로 가까이에 있던 노예와 몬스터를 휘어잡았다.

라이칸이 애써 히드라의 마검으로 줄기를 잘라 냈지만, 그보다 솟구치는 줄기가 더 많았다.

"모두 도망쳐! 광산으로 뛰어!"

"끄으으……!"

그리고 이는 비단 라이칸이 있는 곳에서만 벌어지는 일이

상위0.001%
랭커의귀환

아니었다.

오가닉의 시야에선 작업장을 부수고 솟구친 나무줄기가 마치 낚시를 하듯 인간을 잡아 가고 있었다.

그곳에서 멀리 떨어진 알리도 속수무책으로 다가오는 나무줄기를 피해 연신 달렸다.

"……앞이 막혔어요!"

"크윽! 이쪽이야! 다들 이쪽으로!"

진짜 문제는 도망치는 방향에서도 나무줄기가 자라나고 있다는 것이다.

강서준은 사태의 심각성을 깨닫고 바로 자신에게 의식을 돌렸다.

눈을 반개한 그는 곧바로 켈의 능력으로 하늘 높이 날아오를 수 있었다.

거대한 나무의 옆으로 두둥실 떠오른 그는 던전의 정경을 모두 확인할 수 있었다.

"허어……."

하늘 높이 솟구친 거대한 나무는 마치 우산처럼 던전을 통째로 뒤덮고 있었다.

또한 그 줄기는 땅에 닿아 바칼라돈을 비롯한 모든 구역을 새장처럼 가뒀다.

불현듯 이루리가 말했다.

-던전의 생존자가 몇 명이랬지?

강서준은 홀린 듯이 상태창을 소환했다. 그리고 그의 노예 번호는 어느덧 13만으로 줄어 있었다.

―이상하다고 생각했는데, 역시!

혼자 무어라 중얼거리던 이루리는 대뜸 강서준에게 의사를 전달해 왔다.

―적합자. 빨리 움직여야겠어. 이건 사람들을 그냥 공격한 게 아니야.

'응?'

―이놈 트래픽 과부하를 노리는 거야. 어쩌면 13만 명을 한 번에 죽이려는 걸지도 모른다고!

강서준은 미간을 좁혔다.

'트래픽 과부하를 노린다고?'

트래픽 과부하는 말 그대로 수천, 수만의 생명을 한순간에 죽여 데이터를 폭증시키는 일이다.

그리고 그게 가능하려면 수많은 생명이 오차 없이 같은 시각에 사망해야만 한다.

'그러고 보니 시체정원은…….'

유리나가 말하길 그곳은 죽었는지 살았는지 모를 사람들의 비명이 수시로 들려오는 땅이었다.

밀트가 사람들을 산 채로 잡아 와 그곳의 기르는 식물의 거름으로 준다고도 했다.

'근데 만약 전부 살아 있는 거라면? 그래서 한 번에 죽일

목적이었다면?'

강서준은 그제야 시체정원이 어떤 곳인지 알아차릴 수 있었다.

"시체정원은 데이터 저장소였군."

시스템을 조작하기 위해 아직 죽지 못한 사람들을 엮어서 저장해 둔 공간.

언제든 그들을 죽여 데이터를 폭주시킬 수 있는 장치였다.

강서준은 새삼스러운 눈으로 거대한 나무로 뒤덮은 던전을 바라보았다.

"그럼 이 주변을 모조리 데이터 저장소로 만들려는 목적은……."

-뭔지는 몰라도 13만 명의 데이터를 폭주시킬 만한 일이란 거겠지.

강서준은 고개를 주억거리며 놈이 그리는 원대한 목표에 잠시 몸을 떨었다.

'13만 명분의 데이터 폭주. 과연 어떤 조작을 하려고…….'

모르긴 몰라도 심상치 않은 일이 벌어지고 있었다.

-왕이시여…….

문득 감투에서 겨우 정신을 차린 로켓의 음성이 들려왔다.

그간 회복이 꽤 됐는지 녀석은 죄송스러운 감정을 드러내며 일단 사죄부터 구했다.

-정말 죄송합니다. 파랑이를 지키지도 못하고 유리나 님을

구하지도…….

'됐어. 네가 사과할 일은 아니야.'

밀트란 존재는 강서준이 상대하기에도 다소 벅찬 천재지변과도 같은 존재였다.

단순히 A급 보스 몬스터도 아닌, 시스템 자체를 조작하는 '전승인'이란 돌연변이.

로켓이 그리되는 건 어쩔 수 없는 수순이다.

살아서 돌아온 게 다행이지.

－하지만 파랑이가 어디에 있는지는 알 것 같습니다.

'응?'

－역소환되기 전에 파랑이의 옷자락에 제 흙을 넣어 놓았어요.

거두절미하고 소환한 로켓은 전보다 수척한 얼굴이었다. 하지만 굳은 의지로 마법을 발현시켰다.

"땅의 기억."

츠츠츠츳!

로켓이 스킬을 발동하자마자 그의 손아귀에서 흙더미가 떠오르더니, 곧 한쪽으로 날아가기 시작했다.

"다행히 멀지 않은 곳에 있어요."

강서준은 로켓이 쓴 스킬을 좀 더 명확하게 보기 위해 '류안'을 발동했다.

흙더미가 향하는 방향으로 미약한 마력이 실처럼 연결되어 있었다.

'나무의 안쪽으로 이어져 있군.'

그리고 새삼스럽지만 거대한 나무로부터 파생되는 엄청난 마력을 확인할 수 있었다.

문득 소름이 끼쳤다.

'설마……'

유리나는 마력을 무한정 보관할 수 있는 거대한 그릇과도 같은 존재였다.

그리고 그녀는 시체정원에 마력을 물처럼 주는 일을 해 왔다.

즉 그녀가 있기에 시체정원의 나무들도 무리 없이 사람들을 엮어 둘 수 있는 것이다.

'즉 나무를 유지하려면 그만한 마력이 필요하다는 거야.'

한데 현재 던전을 뒤덮은 거대한 나무를 과연 유리나 혼자서 감당해 낼 수 있을까?

강서준은 고개를 가로저었다.

이곳은 A급 던전인 만큼 파생되는 마력의 양엔 한계가 있다.

그릇이 아무리 커도 채울 수 있는 양이 한정적이라면, 결국 그녀가 아무리 대단해도 나무를 이 정도로 키울 수 없다.

강서준은 헛웃음을 지었다.

"파랑이의 마력이 양분이 되고 있는 거구나."

S급 용인 그녀의 몸속엔 잠재적인 마력이 어마어마하다.

그리고 그 마력을 빼앗아 다룰 수만 있다면, 이만한 규모의 시체정원도 쉽게 만들 수 있다.

강서준은 눈을 빛내며 거대한 나무에 찰싹 달라붙은 흙더미를 살펴봤다.

"다른 말로는 파랑이만 빼내면 이 나무도 제힘을 유지할 수 없다는 거지."

배터리가 떨어진 로봇은 움직이지 않는 법.

놈이 시스템을 조작하기 전에 이 나무를 해치울 수만 있다면……

'놈의 계획이 뭐든 막을 수 있다.'

다음 권으로 이어집니다